책 읽기와 문학교육을 통한 미래의 길 찾기

그래도 책 속에 길이 있다

그래도 책 속에 길이 있다

1판 1쇄 발행 ┃ 2021년 10월 3일
1판 2쇄 발행 ┃ 2022년 5월 20일

지은이 ┃ 윤일현
펴낸이 ┃ 신중현
펴낸곳 ┃ 도서출판 학이사

출판등록 : 제25100-2005-28호
주소 : 대구광역시 달서구 문화회관11안길 22-1(장동)
전화 : (053) 554~3431,3432
팩스 : (053) 554~3433
홈페이지 : http:// www.학이사.kr
전자우편 : hes3431@naver.com

ISBN_979-11-5854-320-4   03800

책 읽기와 문학교육을 통한 미래의 길 찾기

그래도 책 속에 길이 있다

윤일현

學而思 | 학이사

머리말

문학의 위기가 자주 언급된다. 나는 이 말을 받아들이지 않는다. 문학의 비중은 과거보다 오히려 커졌다고 할 수 있다. 다만 오늘의 독자는 문학작품을 생산하고 유통하는 권력에 더는 맹목적으로 충성하지 않는다. 소비자는 겸손한 자세로 자사 제품의 장점, 용도와 효용성, 실용성 등을 차근차근 설명하며, 그 사용법을 친절하게 안내해 주는 생산자를 좋아한다. 문자 매체도 이 점을 참고해야 한다.

스마트폰, TV, 영화는 문학작품보다 훨씬 다양한 재미를 제공해 준다. 영상 매체는 재미를 넘어 짜릿한 흥분과 가슴 뭉클한 감동도 준다. 그렇다고 모든 사람이 그쪽으로 몰려가는 것은 아니다. 제4차 산업혁명의 시대, 특히 코로나19 이후에 창의력과 상상력은 더욱 강력한 생존 수단이 될 것이다.

그렇다고 창의력과 상상력이란 것이 고삐 풀린 망아지처럼 그냥 초원을 자유롭게 뛰어다닌다고 생겨나는 것은 아니다. 인류가 이룩한 지적 성과를 두루 섭렵하면서 통찰력과 직관력, 삶을 성찰하는 능력, 그 무엇보다도 생각하는 힘을 가진 사람이 뛰어난 상상력과 창의력을 발휘할 가능성이 훨씬 더 크다.

문학 작품을 생산하고 유통하는 사람들은 문학의 위기를 말하기보다는 잠재적인 독자이자 소비자인 어린 학생과 학부모, 좀 더 의미 있는 삶을 살고자 하는 일반 독자를 위해 문학의 실용적 용도와 활용 방안을 친절하게 설명할 필요가 있다고 생각한다.

나는 오랫동안 책 읽기를 통한 정서교육, 문학작품이 주는 감동을 통한 자발적인 학습 의욕 고취에 관심을 가져왔다. 뜻을 같이하는 사람들과 그 구체적인 방법을 찾아 교육 현장에 적용해 보았다. 예상 밖으로 엄청난 효과가 있었다. 문학작품 제대로 읽기는 대학 입시를 위한 성적 향상이라는 지극히 현실적인 문제를 해결하는 데도 탁월한 효과가 있다는 사실을 확인할 수 있었다.

이 프로그램에 참여한 학생과 학부모들은 책 읽기와 문학교육이 성장기 학생들의 정서 함양, 학업 성적 향상 등에 어떻게 작용하는가를 구체적으로 확인할 수 있었다. 학부모 역시 자녀와 함께 성장하는 느낌을 받는다고 했다. 예상 밖으로 반응이 뜨거웠다. 우리는 다시 한번 '그래도 책 속에 길이 있다'라는 사실을 확인할 수 있었다.

각 장은 유기적인 관계를 맺고 있으면서도 독립적인 글이기 때문에 어느 것을 먼저 읽어도 괜찮다. 이 책이 문학 작품 생산자, 교사와 학생, 학부모, 일반인 모두에게 의미 있는 자극과 영감을 줄 수 있길 소망해 본다.

차례

그래도 책 속에 길이 있다

차례

그래도 책 속에 길이 있다

순서 바로잡기

희망은 인간을 인간답게 하는 힘이다. 그 희망은 연습하
여야 한다. 희망을 연습하여 희망이 깃드는 세상으로 만
들어나가야 한다. 우리는 더 나은 삶을 희망한다. 고로
존재한다.

- 에른스트 블로흐, 『희망의 원리』 중에서

소크라테스는 유죄판결을 받고 배심원과 방청객에게 외쳤다. "느끼지 않는 삶은 살만한 가치가 없다." 가치 있는 삶을 살려는 사람은 주기적으로 자신에게 물어보아야 한다. 나를 둘러싸고 있는 것들을 제대로 느끼고 감각하기 위해 항상 촉각을 곤두세우고 있는가? 문학, 예술, 철학 등 인간이 이룩한 모든 성과물이 주는 전율과 울림을 통해 나의 삶을 끊임없이 고양하고 있는가?

책이 주는 감동은 삶의 방향을 결정하고 한 개인의 운명을 바꿀 수 있다. 책을 읽으면 행복하고, 가슴이 벅차며, 절망적인 상황에서도 꿈을 꿀 수 있다. 책은 각박한 현실에서 도피처와 안식처를 제공해 준다. 책을 읽는 사람은 책에서 새로운 에너지를 공급받고 더 강해져서 삶의 현장으로 돌아간다. 지금은 이론과 논리뿐만 아니라, 남다른 감성과 감각을 가진 조직과 개인이 치열한 생존 경쟁에서 살아남는 감성 시장의 시대다. 동서고금의 문학작품은 인생 항로 곳곳에 서 있는 감성의 등대다.

나는 꽤 긴 시간 동안 좋은 책을 골라 제대로 읽는 방법을 찾기 위해 노력해 왔다. 그 과정에서 많은 학부모와 학생들이 동참했다. 탐색의 출발점은 우리가 발 딛고 살아가는 구체적인 삶의 현장이었다. 책 읽기를 통한 성적 향상 방법 같은 매우 다급한 현실적 문제들도 소중하게 다루었다. 혁명적인 방법은 없었다. 답은 이미 알고 있는 상식의 실천에 있었다.

우리는 크고 작은 시행착오를 거듭하며 찾아낸 방법들을 현장에 적용했고, 피드백을 통해 꾸준히 보완하고 수정하여 모범적인 사례들을 제시하였다. 책 읽기를 통한 건강한 정서 교육, 이에 근거한 학습 능력 향상 방법은 놀라운 결과를 낳았다.

우리가 제시한 방법으로 자녀 교육에 성공한 사람들은 지금도 만나면 이야기한다. 보통의 지능을 가진 초등 4학년에서 중 2 사이의 학생을 우리 방식대로 2년만 맡겨 준다면 수재를 만들 수 있다고. 중 2가 지나도 괜찮다. 고등학생과 대학생은 말할 것도 없고, 심지어 노인이라도 늦지 않다. 생의 마지막 순간까지 예민하게 느끼면서 창의적인 삶을 살고자 하는 모든 사람에게 이 방식은 효과가 있다고 생각한다.

두 개의 에피소드,
주입식 교육의 추억

고 3 때 우리 수학 선생님 별명은 '정석 해답'이었고, 호는 '장풍'이었다. 선생님은 모든 수학 문제를 책 맨 뒤에 있는 정답대로 풀이했다. 삼월 첫째 주 수학 시간에 어느 친구가 "선생님, 그 문제 이렇게 풀면 안 됩니까?"라며 끼어들어 자신의 풀이 방법을 설명했다. 녀석의 말을 잠시 듣다가 선생님은 갑자기 "너, 나와!"라고 고함을 질렀다.

영문을 모르는 친구가 앞으로 나가자 선생님은 죄목도 설명하지도 않은 채 녀석의 뺨을 때리면서 손바닥으로 가슴을 밀치는, 아, 선배들로부터 전해 들은, 그 공포의 '장풍'을 공개적으로 보여주었다. 친구는 교탁에서 교실 뒤쪽으로 밀려가며 뺨과 가슴을 쉴 새 없이 난타당했다. 교실 맨 뒤쪽 게시판 '시사란' 앞에서 몇 대를 더 맞고 턴해서 교탁으로 돌아오면서도 계속 맞았다. 다시 원위치로 왔을 때는 입술이 터지고 코피가 났다. 선생님은 엄숙하게 선언했다. "내가 풀어주는 방법으로만 풀어. 쓸데없는 소리로 진도 방해하면 용서하지 않을 것이다."

그 이후로 그 선생님 시간의 교실은 멋진 궁체로 써서 액자에 넣어 둔 우리 반 급훈, '실천, 정숙, 인내'가 정말 모범적으로 실천되는 정숙한 공간이었다. 우리는 국어사전, 영어사전, 독어사전, 옥편 등으로 바리케이드를 쳤다. 그 아래 다른 문제집을 펼쳐놓고 선생님은 해답대로 문제를 풀게 놔두고, 우리는 나름의 방식으로 혼자 공부하며 그 시간을 슬기롭게 인내했다.

*

등받이도 없는 기다란 포장마차 의자가 줄지어 놓여 있는 강의실에 학생 200여 명이 콩나물처럼 서로 찰싹 붙어 앉아 있다. 강의가 시작되기 전에는 도떼기시장이다. 드디어 지역 최고의 국어 강사가 들어오고 강의가 시작된다.

"오늘은 이상의 대표 시를 공부하겠습니다. 먼저 「오감도」부터 볼까요? 이 시 머리 아파요. 재미 하나도 없어요. 시가 원래 그렇잖아요? 그래도 시험은 쳐야 하니 이해하려 하지 말고 따지지 말고 그냥 주요 사항 외우세요. 십삼 인의 아이가 도로를 질주하고 제1의 아이부터 제13의 아이까지 무섭다고 하는데 이해하기 어려워요. 뭐가 그리 무서운지. 마지막에는 십삼 인의 아이가 도로로 질주하지 않아도 좋다고 하는데 참 웃기지요. 도로를 질주하든 말든 우리는 주제만 알고 넘어갑시다. 이 시 해설 보면 다다이즘, 초현실주의, 이성 중심의 합리주의에 대한 회의 같은 골치 아픈 말들이 나오는데 다 헛소리라고 생각하세요. 시 아래 해설 부분을 보세요. '현대 사회를 사는 인간의 불안 심리' 에 밑줄 쫙 치세요. 이게 주제입니다."

학생들은 설명을 들으며 오감도를 훑어본다. 정말 시는 몸서리나게 재미없다고 생각한다. 그런 잡생각을 하고 있는데 학생 한 명이 손을 번쩍 들고 질문한다. "다다이즘이 뭡니까?", "쉬는 시간에 와요. 설명해 줄 테니까. 지금은 진도 나가야 합니다."

5.16 이후 절대빈곤에서 벗어나기 위한 산업화 과정에서 '빨리빨리' 와 '결과중시주의' 는 미덕이자 필요악이었다. 이는 경제 문제에만 국한되는 것이 아니었다. 교육에서도 똑같은 현상이 일어났다. 진도 빨리 나가는 것과, 정답 빨리 찾기가 중요했다. 문학작품을 공부할 때, 작품의 배경, 기교적 특징, 주제 등을 자세히 설명한 해설을 먼저 읽었다. 그런 다음 작품을 읽으면 해설에 맞추어 따라가기만 하면 되기 때문에 공부하는 시간이 단축되었다. 참고서의 해설

이 자기 생각과 다르면 자신의 무지와 무감각을 탓하며 자기의 생각을 미련 없이 버렸다. 일반적으로 곁가지를 치며 잡생각을 많이 하는 학생은 국어 성적이 좋지 않았다.

다른 과목도 비슷했다. 과학은 실험 없이 이론과 공식을 먼저 외웠고, 사회는 답사나 자료 분석, 사회 현상에 대한 조사 없이 교과서가 기술하고 있는 내용을 무조건 암기해야 했다. 그런 방식의 공부는 엄청나게 많은 내용을 비교적 짧은 시간에 훑어볼 수 있게 했다. 이런 교육 방식이 산업화와 고도성장에 일정 부분 기여한 측면이 있다는 사실을 완전히 부정할 수는 없다.

제4차 산업혁명이 급속도로 진행되고 있는 오늘의 시점에서 과거의 교수·학습 방법은 점점 설 자리를 잃어가고 있다. 기능공적인 지식인을 양산해야 하던 시절, 한국적인 우리들만의 방법은 탁월한 효과가 있었다. 그러나 창의력을 가진 전문가를 배출해야 하는 지금은 상황이 매우 다르다.

아프리카 어느 강 유역에 수천 년 동안 같은 방식으로 살고 있는 원시 부족이 있었다. 어느 날 백인들이 나타나 상류에 댐을 건설하기 시작했다. 댐이 무엇인지, 댐이 완공되면 어떤 일이 일어날지를 알지 못하는 그들은 여전히 카누 만드는 법, 그물 손질하는 법 등을 가르쳤다. 어느 날 댐이 완공되자 그 부족과 그들의 문명은 흔적도 없이 사라졌다. 앨빈 토플러의 이야기다.

지금 우리 교육이 어떤 점에서는 원시 부족의 그것과 크게 다르지 않다. 우리 모두는 우리 머리 위에서 댐이 건설되는 현장을 지켜보고 있다. 그 댐에는 3D 프린트, 사물인터넷, 자율주행차, 인공지능(AI), 로봇 같은 물이 채워지고 있다. 이미 그 댐에서 흘러나온 각종 로봇, 인공 지능을 장착한 장치들이 인간의 일자리를 빼앗아 가고 있다. 그런데도 우리는 아직도 카누 만드는 법을 가르치고 있다.

오늘의 교실

과거에 비해 오늘의 교실은 엄청나게 달라졌다고 말한다. 맞는 말이다. 다양한 학습법이 개발되고, 학생 개개인의 생각과 견해는 그 어느 때보다 존중받고 중시된다. 교실에는 폭력도 없다. 만약 '장풍'을 일으키는 교사가 있다면 형사적 처벌을 면하기 어려울 것이다. 교사들은 오히려 학교와 교실에 범람하는 과도한 자유와 자율을 한탄한다. 학생과 학부모의 인권과 발언권은 감당하기 힘들 정도로 비약적인 진전이 있었지만, 교사의 의욕과 사기는 날이 갈수록 떨어지고 있다는 것이다.

대한민국 일반고 교실에서는 새로운 교수법으로 수업하기가 정말 어렵다고 말한다. 한 교실 안에는 당일 수업할 내용을 이미 다 알고 있는 학생과 하나도 모르는 학생이 같이 앉아 있다. 선행학습 열풍이 교실을 완전히 파괴했다고 말한다. 수업을 진행하면서 어떤 부분에서 교사가 "이 점에 대해 어떻게 생각하는가?" 또는 "왜 그렇다고 생각하는가?" 같은 질문을 하고 학생들에게 생각해 볼 시간을 주면, 먼저 배운 학생들이 질문이 끝남과 동시에 답을 말해버리기 때문에 다른 학생들은 생각해 볼 여지를 박탈당한다는 것이다.

선행학습을 하고 교실에 들어오는 학생은 자습서의 해설과 주제를 먼저 보고 작품을 읽는 것과 같다. 사정이 이러하니 국가적 차원의 결단이 없다면 교실 수업은 혁신하기 어렵다. 40명 교실에서 교사는 15등 전후, 다시 말해 중상위권 학생을 기준으로 수업을 진행한다. 이 경우 상위 10명은 이미 다 알고 있는 내용이니 잠을 자고, 하위 10명은 학습 의욕도 없고, 또 어떤 방식으로 설명해도 이해를 못

하므로 잠을 잔다. 앞뒤 학생들이 자니 나머지 학생들도 같이 잠을 잘 수밖에 없다. 의욕을 가지고 있던 교사도 시간이 흐를수록 결국은 포기할 수밖에 없다. 체벌과 꾸중이 금지되어 있으니, 수업을 방해하지 않고 떠들지만 않으면 엎드려 잠을 자도 그냥 둔다. 학생에 대한 교사의 관심과 열정은 무관심과 포기로 대체되었고, 200명 학원 강의실은 20명 규모로, 60명 학교 교실은 30명 전후 규모로 줄었다. 하지만 근본적인 변화는 없다.

앞으로의 세계

최근 몇 해 동안 예루살렘 히브리 대학교수인 유발 하라리 열풍이 거세게 불었다. 그는 『사피엔스』에서 호모 사피엔스는 신, 인권, 국가, 돈에 대한 집단 신화를 창조함으로써 지구의 정복자로 우뚝 서게 되었다는 점을 설득력 있게 설명하고 있다. 인류의 미래를 다룬 『호모 데우스』(신이 된 인간)는 종말론적인 묵시록으로도 읽힌다. 그는 300년 전에 탄생하여 초절정 상태에 있는 인본주의는 과학기술의 획기적 발전으로 브레이크도 없이 고삐가 풀렸다고 말하며, 이제 불멸, 행복, 신성神性이 인류의 중심 의제가 되었다고 주장한다. 그는 유기체란 알고리즘이라고 말한다. 알고리즘으로서의 호모 사피엔스는 데이터주의가 패러다임이 되는 세상에서는 주요 존재가 되지 못할 수도 있다.

신의 시대였던 중세를 르네상스 시대의 인간이 대체했 듯이, 미래는 데이터에 대한 숭배가 휴머니즘을 대체할 것 이라고 말한다. 그는 지금은 우리 종의 역사에서 유일무이 한 전환기에 해당한다고 말하며, "역사상 처음으로 너무 많 이 먹어서 죽는 사람이 못 먹어서 죽는 사람보다 많고, 늙 어서 죽는 사람이 전염병에 걸려 죽는 사람보다 많고, 자살 하는 사람이 군인, 테러범, 범죄자의 손에 죽는 사람보다 많고, 21세기 초를 살아가는 보통 사람들은 가뭄, 에볼라, 알카에다의 공격으로 죽기보다 맥도널드에서 폭식해서 죽 을 확률이 훨씬 높다."라고 지적한다.

그는 '인간은 자신을 신으로 업그레이드하는 중'이라며 수십, 수백 년 내에 사피엔스는 멸종할 것으로 예측한다. 인류는 자신의 삶에 의미를 부여하는 능력을 예전부터 가 지고 있었지만, 기술이 발달함으로써 이 능력은 위협받고 있다. 인류는 영생을 포함해 초자연적인 능력을 갖춘 슈퍼

맨 즉 호모 데우스로 대체될 가능성이 높다는 게 그의 생각
이다.

　인간의 생물학적인 조건을 깊이 염두에 두고 이 책을 꼼
꼼하게 읽어보면, 이 책을 예언서나 묵시록으로 읽어서는
안 된다고 생각하게 된다. 유발 하라리의 주장이 상당한 설
득력을 가지고 있지만, 그 자신도 말하듯이 그의 유토피아
또는 디스토피아적 전망은 가상의 시나리오에 불과하다.

　인간이 자신의 생물학적 조건과 정체성을 망각하고 신이
되려고 발버둥 치면 칠수록 행복은 더 멀어지고, 새로운 기
술과 빅데이터의 노예로 전락할 가능성이 높아 보인다. 유
발 하라리의 저술들을 읽고 있노라면 인간이 과학기술과
빅데이터의 노예가 될까 봐 두렵고, 정보의 독과점으로 빈
부 격차가 더욱 심화하지 않을까 우려된다.

　앞으로 인류는 '자신의 삶에 의미를 부여할 줄 아는 인
간'과 '과학기술이 낳은 성과물과 빅데이터에 좌우되고 조
정되는 인간'으로 나누어질 것이다. 인간이라는 생물학적
인 정체성을 유지하면서 과학기술의 발달을 주체적이고 능
동적으로 향유하기 위해서는 책 읽기를 통해 과거와 현재
를 성찰하면서 미래로 가는 길을 찾아야 하며, 그 새로운 환
경에 대한 적응 방법을 꾸준히 탐색해야 한다.

학자들은 제4차 산업혁명이 과거 1, 2, 3차 산업혁명과는 달리 인류가 개발한 모든 기술이 한꺼번에 융합되는 혁명이 일어나서 우리의 삶을 기하급수적으로 변화시킬 것이기 때문에 두렵다고 말한다. 인간이 기계와 인공지능(AI)과 융합되면 슈퍼맨과 같은 초능력을 가질 수 있을 것이다. 여기에다 현실과 가상, 공학적인 것과 생물학적인 것이 융합되면 우리가 상상할 수 없는 일들이 일어나고 인간과 신의 경계가 없어질 수 있다고 말한다.

그러나 이 모든 변화를 두려워할 필요는 없다. 앞으로는 공유 경제와 정보 공유 시스템을 통해 대기업만이 가지던 자료와 자원을 개인도 가지게 되면, 찰스 핸디가 그의 저서 『코끼리와 벼룩』에서 말하듯이 개인도 엄청난 힘을 가질 수 있다. '코끼리'는 대기업 같은 거대 조직을 말하고 '벼룩'은 프리랜서로 활동하는 1인 기업을 말한다.

과학기술의 발달은 개인에게 많은 기회를 제공할 수 있다. 절대다수의 개인은 언젠가는 회사 같은 조직에서 자의든 타의든 물러나게 된다. 그때 창의적 능력을 갖춘 사람은 과거와는 전혀 다른 새로운 기회를 가지게 될 것이다.

현재도 그렇지만 앞으로는 어려운 문제는 쉽게 해결되고, 쉬운 문제가 오히려 해결이 어려운 경우가 많아질 것이다. 가령 수백 광년 떨어진 곳에 지구 환경과 비슷한 별이 발견되었을 때, 그곳까지의 거리는 슈퍼컴퓨터로 바로 계산할 수 있다. 그러나 두 사람이 말다툼으로 사이가 틀어졌을 때는 아무리 성능 좋은 컴퓨터도 별로 도움이 안 된다. 여기에는 사람이 직접 면대면(face to face)으로 개입해야 해결이 가능하다. 미래 사회는 많은 정보를 암기하고 있는 사람, 계산 능력이 빠른 사람보다는 인간적인 감성과 배려의 마음, 이해심과 협동심, 창의적인 사고, 조직력, 가치 판단 능력 등을 가진 사람이 경쟁력을 가질 것이다.

MIT 미디어랩 소장인 조이 이토와 '크라우드소싱crowdsourcing' 이라는 용어를 창시한 제프 하우가 쓴 『나인』에서 그들은 권위보다 창발, 지도보다 나침반, 안전보다 리스크, 순종보다 불복종, 견고함보다 회복력, 능력보다 다양성 등으로 무장하면 불확실성의 시대를 돌파할 수 있다고 했다. 아날로그적인 미덕에 입각한 인성 교육, 특히 기존의 고정관념과 낡은 제도, 상투적인 것들에 항거하며, 새로운 가치와 사랑을 추구하고, 지적인 유연성과 다양성, 탄력성을 중시하며, 정신과 영혼의 힘을 길러줄 수 있는 문학교육은 이런 능력과 자질을 배양하는 데 매우 효과적인 수단이 될 수 있다.

자유학원

제국주의 일본 사회에서 획일적인 규제와 맹목적인 충성을 강요하는 분위기가 고조되고 있던 1921년 하니 요시카즈와 모토코 부부는 군국주의와 파시즘적 교육에 항거하며 '참자유인을 양성할 목적'으로 '자유학원'을 설립하였다. 그들은 아이들에게 사고력을 키울 수 있는 기회는 주지 않고, 그저 의미 없는 '사실들(facts)'만을 머릿속에 쑤셔 넣는 교육에 반대했다. 그들 부부는 무엇보다도 자율적인 인간 교육을 중시했다. 그들은 학교에서 가르치는 내용이 교실 밖의 실제 생활과는 매우 동떨어지는 현실을 극복하기 위한 교육을 실천하려고 노력했다.

자유학원에서는 학과, 예술, 실제 생활을 모두 융합하여 통일된 흐름이 유지되도록 하였다. 공부는 경쟁이 아니라 서로 협력하면서 재미있게 하는 것이란 점을 체득하게 했다. 또한 학생 개개인이 실생활에 강한 흥미를 갖도록 교육하였다. 학생 스스로가 자신의 능력을 신장하기 위해, 주입식이 아니라 머리와 함께 손을 충분히 사용하여 자발적으로 학과 공부를 할 수 있도록 도와주었다. 자치를 기본으로 하는 자유학원에서는 매일의 생활 속에서 행해지는 노동이 교육의 중요한 부분을 차지했다. 정원 손질, 밭 경작, 산에서의 식림, 농장의 소 돌보기 등은 성장기 아이들에게 마음의 밭을 갈고 자신을 깊이 있게 응시할 기회를 제공해 주었다.

물질문명이 인간사의 상당 부분을 지배하고 있는 현실에서 자연이 교재로 활용되는 이 노동 시간은 인간다운 감성을 몸에 익힐 수 있는, 그 무엇과도 바꿀 수 없는 소중한 경험을 제공했다. 자유학원에는 권위주의와 불평등을 상징하는 계단이 없었다. 자유학원의 중심은 교무실이 아니었다. 교사와 학생이 함께 식사하며 매일 공동 관심사에 대해 의견을 교환하는 식당이 중심 역할을 했다. 자유학원에서는 교과서를 중시하지 않았다. 교과서란 평균 이하의 교사에게 필요한 것이다. 창조적인 교사에겐 교과서가 오히려 방해물이 될 수 있다고 생각했다.

우리는 공부, 패션, 디자인 등 모든 분야에서 새로운 유행이나 풍조, 주장이 나타나면 이를 극단적으로 추종하는 경향이 있다. 제4차 산업혁명의 시대에는 기존 방식의 공부는 아무 소용이 없다는 점을 밑도 끝도 없이 지나치게 강조하는 사람들이 있다. 그렇게 말하면 순진한 학생들이 오해할 수 있다. 공부를 하지 않아도 되는 것이 아니라, 지금과는 다른 방식으로 해야 한다는 점을 분명하게 설명해야 한다.

　수학 시험 시간에 문제를 풀이하는 방법도 알고 식도 바로 세웠는데, 마지막에 플러스 마이너스를 잘못 써서 운명이 바뀌는 것과 같은 어처구니없는 일은 분명히 없어져야 한다. 문제 풀이 속도와 정확한 계산 능력을 테스트하는 평가방식도 청산되어야 한다. 조만간 그렇게 될 것이다. 그러나 미분, 적분이 무엇인지, 다시 말해 각 과목에서 가르치는 단원의 핵심 내용과 개념은 정확하고 깊이 있게 이해해야 한다. 이제 '빨리, 많이'가 아니라 '제대로, 정확하게'를 중시해야 한다.

　창의력이란 학과 공부는 하지 않고 영화 보고 음악 듣고 들로 산으로 돌아다니기만 해서 배양되는 것이 아니다. 머릿속에 배경지식이 상당량 축적되어 있어야 기회가 왔을 때 창의적 발상이 생겨난다. 그러므로 나이에 상관없이 우리는 열심히 공부해야 한다. 그러나 월요일에서 일요일까지 책상 앞에만 앉아 있는 것을 훌륭하다고 칭찬하는 분위기는 사라져야 한다. 자유학원이 추구한 교육처럼 이론과 실제, 교실 안과 밖의 활동, 공부와 놀이, 머리와 가슴과 손발이 상호 조화를 이룰 수 있도록 해야 한다.

　우리는 올바른 독서법과 공부법을 알고 있다. 우리가 알고 있는 상식적 방법만 제대로 실천해도 엄청나게 많은 것을 성취할 수 있다. 상식의 실천에 최대 장애 요인은 속도에 대한 맹신과 결과중시주의다. 올바른 책 읽기, 그리고 이것과 연결되는 생산적이고 창의적인 학습을 위해 일본 자유학원의 문학 수업에서 있었다는 에피소드에 귀 기울여 볼 필요가 있다.

*

자유학원 국어 시간에는 국어 교과서와 함께 동서고금의 명작을 통독하면서 작가와 작품 세계를 공부했다. 독서를 통해 자기 생각을 깊게 하면서 확실한 사고력을 배양하려고 했다. 문학 시간에는 교사가 추천하는 작품과 학생이 스스로 선택한 작품을 같이 읽고 토론했다. D.H.로렌스의 『채털리 부인의 사랑』에 얽힌 이야기는 유명한 일화로 남아 다양한 버전으로 회자하고 있다.

한 여학생이 『채털리 부인의 사랑』을 읽고 발표하겠다고 했다. 교사는 당황했다. 교사는 학생이 작품을 읽고 나서 선생님과 먼저 이야기를 나눈 후 교실에서 발표하자고 제의했다. 그 여학생이 책을 다 읽고 왔을 때, 교사는 느낀 점을 말해 보라고 했다. 학생은 "이 소설은 반전 소설입니다."라고 말했다. 교사는 놀랐다. 그 당시 대부분 일본 평론가들은 외설의 관점에서 이 작품을 해설했다. 교사가 왜 반전 소설이라고 생각하느냐고 묻자, 학생은 "남자 주인공이 성불구자가 된 이유가 전쟁이기 때문입니다."라고 답했다. 만약 이 여학생이 평론가들의 평론을 먼저 읽었다면 거기에 맞추어 소설을 이해했을 것이고, 반전 소설이라는 자기만의 독창적 평가는 나오지 않았을 것이다.

우리나라에는 아직도 로렌스의 소설을 외설의 관점에서 바라보는 사람이 많다. 영화 『채털리 부인의 사랑』이 한국에 개봉되었을 때, 광고 포스터에 '여자의 뿌리를 완전히 파헤친 에로티시즘의 정수!'라는 문구가 큼직하게 박혀있던 것을 아직도 생생하게 기억한다. 동화 『벌거숭이 임금님』에서 모든 간신배와 아첨꾼들이 벌거벗은 임금님을 멋지다고 했지만, "임금님은 벌거숭이다!"라는 말을 맨 처음 터뜨린 자는 바로 어린이였다. 편견과 예단, 선입견, 주변의 시선을 배제해야 사물이든 작품이든 제대로 보고 느낄 수가 있다.

순서 바로잡기,
SENSE

캘리포니아대학교 언어학과 및 인지과학연구소 교수인 G. 레이코프와 오리건 대학교 철학과 교수인 M. 존스는 공저『몸의 철학』'한국어판 출간 서문'에서 "인지과학에서 지난 20여 년 동안 이룩한 가장 주목할 만한 발견 중의 하나가 개념화라는 사유 작용은 신체적 경험, 특히 감각 운동 경험에 근거한다는 사실이다."라고 했다. 그들은 "우리가 이러한 경험적 결과들을 진지하게 받아들인다면 마음에 관해 변하지 않는 가정들 일부를 재고해야 한다."라고 말하며, "마음, 마음과 관련된 개념, 이성, 지식, 사고, 의지 등이 탈신체화되어 있다는 생각을 포기해야 한다."라고 주장했다. 그들은 몸이 느끼고 경험하는 여러 가지 감각의 중요성을 강조했다.

J. 루소, 존 듀이, 메를로 퐁티 같은 학자들이 특히 감성과 감각의 중요성을 강조했다. 루소는『에밀』에서 "교육에서는 이성이 아니라 감성이 발달을 주도한다. 감성이 이성의 발달을 촉진하기 때문이다."라고 말하고 있다. 그는 아동기에는 놀이를 통해 스스로 즐기는 법을 알아야 하므로

자연 속에서 뛰놀며 자연을 마음껏 경험해야 한다고 조언한다. 소년기에는 감각적 이성을 관념적 이성으로 발전시켜야 한다고 했다.

경험이 지식의 근원이라고 주장한 존 듀이는 『경험으로서의 예술』에서 "우리는 예술적 경험을 했을 때만 예술작품을 창조할 수 있다. 예술적 경험은 질성적 사고를 통해 이루어진다. 질성적 사고란 물질의 크기나 모양, 소리, 색, 냄새, 촉감 등을 감각적으로 인식하고 이에 대한 찬란함, 강인함, 우아함, 섬세함 등의 느낌을 갖는 것, 이것은 심미적이고, 고유한 예술작품을 창조하기 위한 기본 조건이다." 라고 말하며 감각 체험의 중요성을 강조했다. 그는 "인간의 교육은 신체의 모든 감각 기관을 통해 받아들여진 정보를 바탕으로 지적·창의적 교육으로 발전한다." 라고 말했다.

메를로 퐁티는 "인간의 의식은 감각적으로 실존하는 몸에서 체화된 것이므로, 의식과 몸을 둘로 나눌 수 없고, 모든 인식과 행위는 인간의 이성이 아니라 각자의 몸에서 출발한다." 라고 주장하며 몸이 직접적으로 체험하는 '감각과 감각적 체험'을 중시했다.

느낌과 감성과 감각을 중시하는 사람들이 자주 사용하는 영어 센스(sense, 불어는 상스 sens)라는 단어 속에는 바람직한 책 읽기와 공부 방법이 함축적으로 통합되어 있다. sense(sens)는 메를로 퐁티가 지적한 바와 같이 '감각', '의미', '방향' 이라는 뜻을 다 가지고 있다. 우리가 어떤 대상을 완전하게 센스sense하기 위해서는 첫째 아무 선입견이나 편견 없이 대상을 있는 그대로 '감각' 해야 하고, 둘째 그 감각을 바탕으로 대상이 가지는 '의미' 를 파악하려고 애써야 하며, 셋째 '감각' 과 '의미' 에 근거하여 추상적인 개념화 작업으로까지 사고의 '방향' 을 업그레이드해야 한다. 얼마나 놀라운 포괄적인 인식 과정인가. 센스sense가 가지는 대표적인 세 가지 뜻을 다음 순서로 배열해 놓고, 독서와 공부에 ①과 ② 방법을 적용해 보면 그 장단점을 구체적으로 이해하게 될 것이다.

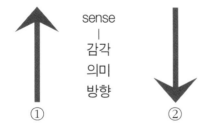

우리는 지금까지 책을 읽고 공부를 할 때 〈방향→의미→감각〉순의 ①번 방식을 중시하고 강조했다. 문학작품을 공부할 때 주제(방향)를 먼저 보고, 작품을 읽었고(의미 탐구), 그

런 다음 주제에 맞추어 느끼려고(감각) 애썼다. 내 느낌, 내 감각은 우선으로 중요한 것이 아니었다. 남의 생각, 많은 사람이 받아들이는 견해를 먼저 보고 거기에 따르려고 노력했다. 공부도 마찬가지였다. 학생은 아무 준비가 되어 있지 않은데, 교사가 칠판 좌측 상단에 단원의 목표(방향)를 써 놓고, 한 시간 내내 설명(의미 탐구)을 한 후, 이해가 되는지(느껴지는가)를 물었다. 〈방향→의미→감각〉순은 주입식 교육과 복습 위주 공부의 전형이다.

이제 우리는 〈감각→의미→방향〉이란 ②의 순서로 책을 읽고 공부해야 한다. 그래야 느낌과 감성과 감각의 돌기가 되살아난다. 이게 바로 서두에서 말한 '상식적 방법'이다. 우리들 대부분은 어린 시절부터 이 순서에 따라 책을 읽었다. 시나 소설을 해설 자료 없이 스스로 읽으며 머리와 가슴, 온몸으로 먼저 '감각'하는 것이 중요하다. 그런 다음 다시 차근차근 읽으며 '의미'를 음미한다. 작품을 처음 읽을 때 내가 가졌던 느낌(감각)과 관점을 그대로 간직한 채 남의 견해와 해설을 참고하고(의미 탐구), 그런 다음 내 생각과 남의 생각을 합쳐 보다 진전된 견해(새로운 방향)를 제시하는 쪽으로 나아가야 한다.

시를 읽고 소설을 읽을 때 시간이 없고 빨리 이해되지 않는다고 순서를 바꾸어 남이 규정해 놓은 주제나 해설부터 읽는 것은 바람직하지 않다. 자유학원에서 『채털리 부인의 사랑』을 읽은 여학생처럼 판단에 영향을 줄 수 있는 글은 미리 보지 않아야 독창적인 해석이 나올 수 있다. 자신이 느끼는 감각에 솔직해지고, 남의 기준에 따라 자신의 오감을 옥죄지 말아야 한다.

여행에도 두 방법을 적용할 수 있다. 오래전에 10여 명의 시인들이 중국 시안에서 출발하여 투루판 우루무치 신장 위구르 자치구 둔황 등지를 둘러보는 실크로드 탐방을 했다. 어떤 시인은 관련 서적을 가지고 와서 틈날 때마다 열심히 읽었다. 답사 하는 곳마다 분주하게 사진도 찍었다. 심지어 촬영이 금지된 곳에서 사진을 찍다가 곤욕을 치른 적도 있었다.

일행 중 정호승 시인은 필기구나 메모지, 카메라가 없었다. 가는 곳마다 그냥 열심히 눈에 담고 가슴으로 느끼는 데만 열중하는 것 같았다. 내가 그 이유를 물었더니 '처음 와 닿는 느낌'이 중요하다고 했다. 그는 온몸으로 먼저 느끼고, 그다음 '의미'를 탐구하고, 관심 가는 쪽의 자료를 찾아(방향)보는 순서를 택했다.

〈방향→의미→감각〉순의 주입식 수업은 기능공적인 지

식인을 빨리, 많이 양산해야 할 때는 효과가 있었다. 그러나 감성과 창의적 사고가 생존 수단이 되는 오늘에는 〈감각→의미→방향〉 순서로 책을 읽고 공부하는 것이 바람직하다. 이 순서를 따르는 것이 바로 창의적 독서이고, 예습 위주의 학습이다.

우리는 자녀들이 학교에서 돌아오면 오늘 배운 내용을 복습하라는 말을 자주 한다. 그것보다는 예습 습관을 가지도록 지도해야 한다. 복습 위주의 학습은 창의력 말살 교육이며 비생산적 학습의 전형이다. 이제 시대가 달라졌고 시험 문제도 달라지고 있다. 창의력이 없으면 당면한 입시뿐만 아니라, 다른 일에서도 살아남기 어렵다.

예습은 내일 배울 내용을 미리 읽어 보며 무엇을 배워야 할 것인가와 무엇을 모르고 있는가를 '감각적'으로 느껴보는 과정이다. 내일 배울 내용을 먼저 읽어보고 이해 안 되는 부분에 밑줄 긋는 것이 예습이다. 예습이란 문제 제기 과정이다. 문제 제기가 된 상태에서 선생님의 설명을 듣고, 발표와 질문을 통하여 '의미'를 보다 깊이 있게 이해해야 한다. 그렇게 한 후 반드시 복습의 과정을 거치고 나서 심화 학습의 '방향'을 결정하여 더 높은 단계로 나아가면 학습의 생산성은 극대화된다.

정리 단계에서 복습은 매우 중요하다. 시험 점수는, 특히 내신 성적을 좌우하는 학교 시험은 성실한 복습에 좌우된다. 복습의 순서가 문제다. 예습 없이 수업을 먼저 듣고 무조건 암기하기 위해 복습하는 것과, 예습을 통해 문제 제기를 한 후 수업을 듣고, 내가 의문을 갖고 있던 부분이 다 이해되었는가를 다시 확인하고 다지기 위한 복습은 다르다. 후자가 바로 이해 위주의 창의적인 학습법이다. 예습은 먼저 느끼고 감각하면서 모르는 부분을 오래 생각하게 하기 때문에 학습 내용을 더 오래, 더 확실하게 기억하게 해 준다.

예습의 습관이 확립되어 있지 않은 자녀들에겐 내일 배울 내용을 과목당 5분씩만 먼저 읽히고 수업에 참여하게 해 보자. 모르는 부분에 미리 밑줄을 긋고 교실에 들어가면, 모르는 것을 해소하기 위해 수업에 좀 더 집중하게 되고, 보다 적극적으로 질문하게 된다. 아무 준비가 되어 있지 않은 학생은 교사의 말을 들어도 이해가 잘 되지 않으니까 딴짓을 하거나 졸게 된다.

거듭 강조하지만 예습은 능동적인 수업 참여와 원리 이해 학습을 위한 전제 조건이다. 나는 이 방법을 20년 이상 학생들에게 적용해 보았다. 항상 먼저 느껴보고 문제 제기

(감각)가 된 상태에서 수업(의미)에 참여한 학생들은 절대다수가 최상위 성적을 유지했다. 이 방법을 석 달만 실천해 보면 기적 같은 변화를 경험하게 될 것이다.

생산적인
독서와 공부

지금까지 문학작품 읽기와 공부에서 〈감각→의미→방향〉순을 따르는 ②번 방식의 장점과 순기능적 측면을 주로 설명했다. 우리는 지금까지 독서와 공부에서 〈방향→의미→감각〉순을 지나치게 중시했다. 이제 〈감각→의미→방향〉순의 방식에 좀 더 적극적인 관심을 가져야 한다. 그렇다고 〈방향→의미→감각〉순의 ①번 방식이 무조건 나쁘다고 말해서는 안 된다. 방문 장소와 관련된 자료를 자세하게 읽어 충분한 예비지식을 가지고 여행하는 사람이 있고, 별 준비 없이 가서 먼저 느껴보고, 그 다음에 차근차근 필요한 자료를 찾아 공부하는 사람도 있기 때문이다. ①, ②의 선택은 책의 종류, 공부나 독서, 여행의 목적, 소요되는 시간 등 사정과 형편에 따라 달라질 수 있다. 때로는 ①, ②번의 방식을 같이 병행할 수도 있다.

오늘의 세계는 감성과 감각, 상상력이 강력한 경쟁 수단이 되는 시대다. 넘치는 정보의 바다에서 필요한 자료를 취사선택하여 독창적인 성과를 내기 위해서는 레오나르도 다빈치처럼 오감의 융합과 감각의 통합을 통해 입체적인 상상력을 발휘할 수 있어야 한다. ①, ② 두 방법을 독서와 학습에 적용해 보면 〈감각→의미→방향〉순의 방식이 훨씬 창의적이고 생산적이며, 미래지향적이라는 사실을 확인하게 될 것이다.

참고한 책

· 유발 하라리, 조현욱 옮김, 『사피엔스』, 김영사, 2015.
· 유발 하라리, 김명주 옮김, 『호모 데우스』, 김영사, 2017.
· 찰스 핸디, 이종인 옮김, 『코끼리와 벼룩』, 모멘텀, 2016.
· 조이 이토, 제프 하우, 이지연 옮김, 『나인』, 민음사, 2017.
· 하니 게이꼬 외, 서울평화교육센터 옮김, 『참 자유인을 기르는 학교』, 내일을 여는 책, 1999.
· G. 레이코프, M. 존스, 임지룡 외 옮김, 『몸의 철학』, 도서출판 박이정, 2002.
· 장자크 루소, 정병희 역, 『에밀』, 동서문화사, 2007.
· 존 듀이, 이재언 역, 『경험으로서의 예술』, 책세상, 2003.
· 메를로 퐁티, 류의근 역, 『지각의 현상학』, 문학과지성사, 2002.

거리두기를 위한 책 읽기

나는 책에 둘러싸여서 인생의 첫걸음을 내디뎠으며, 죽을 때도 필경 그렇게 죽게 되리라.

- 장 폴 사르트르, 『말』 중에서

'지금 배는 고프지만, 희망이 있다.', '지금 배는 고프지 않지만, 희망이 없다.' 당신은 둘 중 어느 쪽을 선택하겠는가? 전후 베이비 붐 세대는 거의 100%가 전자를 택한다. 그들의 부모님은 밥은 굶어도 자식들을 학교에 보냈다. 소 팔고 논 팔아 공부시켜도 아주 특별한 경우를 제외하고는 자식들이 부모 세대보다는 잘살 수 있다는 확신이 있었고, 대개 실제로 그랬다.

 전후 베이비 붐 세대는 지방 대학을 다녀도 졸업만 하면 취직할 수 있었고, 결혼과 출산, 내 집 마련이 크게 힘들지 않았다. 은퇴 후에는 부모님 봉양까지 책임지면서 그런대로 인간다운 삶을 영위할 수 있었다. 그들은 성장기에 배는 고팠지만, 열심히 공부하고 일하면 거의 예외 없이 거기에 상응하는 대우를 받을 수 있었다. 그 당시 중고교의 급훈에는 '근면', '성실', '인내' 등이 단골로 등장하였다. 그 당시 학생들은 책상머리에 "인내는 쓰다. 그러나 그 열매는 달다", "부지런한 꿀벌은 슬퍼할 겨를이 없다" 같은 표어를 붙여두곤 했다.

40대 중후반 이후의 사람들은 지금 심각한 고민에 빠졌다. 본인까지는 대학, 취업, 결혼, 내 집 마련, 출산 등에서 기존 산업사회의 패러다임이 어느 정도 그대로 적용되었다. 그러나 IMF와 금융위기, 제4차 산업혁명의 급속한 진전, 코로나19 등을 겪으면서 세상이 과거와는 완전히 달라지고 있다. 지금 취업과 결혼을 해야 하는 자녀를 둔 부모들은 몹시 당황하고 있다. 최상위권 대학을 졸업한 젊은이들도 제대로 된 일자리를 구하기가 어렵다.

중고교에 다니는 자녀를 둔 학부모들의 마음 역시 착잡하다. 아이들이 지금 배가 고프지는 않지만, 그들의 미래는 불투명하고 낙관할 수 없기 때문이다. 전후 베이비 붐 세대의 부모는 자식들을 바라보며 "너는 어떻게 해서라도 우리보다는 잘살아라."라고 말했지만, 오늘의 부모는 자식들을 바라보며, "너희들이 나만큼이라도 살 수 있으면 좋겠다."라고 생각한다.

오늘의 학부모에게 자녀의 대학 진학은 하나의 딜레마다. 보내도 별로 희망이 보이지 않고, 안 보내려니 그 이후의 일들을 감당할 자신이 없다. 지금 우리 사회에서 대학은 가장 확실한 가정 파괴범이라고 할 수 있다. 대학에 들어갈 때까지 온 가족이 골병들고 졸업 후 취직이 안 되니, 대학과 관련된 문제들보다 한 가정을 더 힘들게 하는 것이 또 어디 있겠는가.

사뮈엘 베케트의 희곡 『고도를 기다리며(Waiting For Godot)』에서 주인공 블라디미르와 에스트라공은 나무만 한 그루 달랑 서 있는 시골길에서 고도를 기다린다. 그들이 기다리는 고도는 어떤 구체적인 대상이 아니다. 그런데도 그들은 하염없이 기다린다. "아무도 오지도, 가지도 않고, 아무 일도 일어나지 않고, 정말 끔찍하다."라고 에스트라공은 푸념한다. 이 희곡의 중심 주제는 기다림이다. 고도는 어디에나 존재하면서 어디에도 존재하지 않는다.

이 연극을 처음 봤을 때 많은 사람이 고도는 신을 의미한다고 생각했다. 베케트는 그렇게 생각하지 말라고 했다. 미국의 어느 교도소에서 이 극을 공연했을 때, 수감자들은 고도란 바로 바깥세상과 자유를 의미한다고 말했다. 식민지 시대의 관객에게는 조국 해방을 의미했을 것이고, 7, 80년대 대학생들에겐 민주화가 고도였을 것이다. 고교생을 둔 부모에게는 온 가족이 바라는 명문대가 고도이고, 장성한 자녀를 둔 부모에게는 괜찮은 일자리가 고도다.

잦은 대입제도 개편과 취업난 속에서 학부모는 혼란스럽다. 학교 현장과 현실을 고려하지 않은 졸속한 교육, 취업

정책 앞에서 부모들은 답답하고 때로 분노한다.

이 땅의 부모들은 철없는 아이의 손목을 잡고 나무만 한 그루 달랑 서 있는 무대에서 올지 안 올지도 모르는 고도를 밑도 끝도 없이 기다리는 극 중 두 주인공과 같다. 극 중에서 블라디미르는 "사람들은 서서히 늙어가고, 하늘은 우리의 외침으로 가득하다. 그러나 습관은 우리의 귀를 틀어막는다."라고 절규한다. 무의미하고 부조리한 세계를 표현하는 이 명대사는 오늘의 우리 학부모들에게 그대로 적용된다.

부모와 자녀가 지금 기다리는 것은 영혼을 구원해 주는 신이나 어떤 거창한 것이 아니다. 그들이 기다리는 고도는 예측 가능한 대입제도, 졸업 후의 취업과 결혼 같은 기본적이고 근본적인 것들에 대한 소망이다. 이제 우리 사회는 부모의 가슴앓이와 젊은이들의 충혈된 눈, 그들의 처절한 절규에 관심을 가져야 한다. 자식을 낳아 기르는 부모와 그들의 자녀가 부조리극의 주인공이 되게 해서는 안 된다.

고도는 구체적 대상이 아니기 때문에 관객이 처한 개인적 상황에 따라 달라진다. '고도를 기다리며'는 무엇을 기다리느냐보다는 어떻게 기다리느냐가 중요하다는 것을 암시하고 있다. 우리 학부모들은 무엇을 어떻게 기다려야 하는지를 잘 모른다. 그러다 보니 조급하고 답답한 마음에 자녀 양육의 모든 과정에 개입하려고 한다. 자녀의 미래가 불투명하고 불안할수록 모든 일을 부모가 직접 기획하고 감시 감독하려고 한다. 소수 아이는 부모의 의도대로 따라오지만, 절대다수의 경우 부모 자녀의 관계는 시간이 흐를수록 악화한다. 어떻게 할 것인가.

창조적
아웃사이더

초등학교 시절 동네 악동들이 뒷산 양지바른 천수답에 쌓아 둔 볏짚단으로 집을 지었다. 남쪽을 제외하고 삼면은 볏단으로 두껍게 벽을 쌓았고, 남쪽은 비닐로 출입문을 만들어 햇살이 들어오게 했다. 바닥에는 볏단을 풀어헤친 다음 가마니를 여러 장 겹쳐 깔아 냉기가 올라오지 않게 했다. 이렇게 볏짚단으로 만든 움막은 햇살이 많이 들어오는 낮에는 온실처럼 따뜻했다.

비닐 창문을 열고 바라보는 파란 겨울 하늘은 눈이 시리도록 푸르렀다. 멀리 산 아래로 보이는 마을은 전혀 다른 모

습으로 다가왔다. 우리의 아지트에는 부모님의 성가신 잔
소리나 하기 싫은 심부름, 숙제 따위는 없었다. 배가 고프
면 집에서 가져온 찐쌀이나 생쌀을 씹어 먹기도 했다. 그곳
은 일탈이 주는 짜릿한 즐거움과 아웃사이더의 관조적 여
유를 동시에 맛볼 수 있는 유토피아였다.

나이와 관계없이 우리에겐 다락방 같은 공간이 필요하
다. 어린 시절 우리는 부모 몰래 다락방에 올라가 금지된
만화책 같은 것들을 읽었다. 낮고 좁고 다소 답답했지만,
다락방에 올라가면 그 무엇보다도 세상의 모든 시선으로부
터 해방될 수 있었고, 대낮에도 적당한 어둠이 어린 영혼을
감싸주어 아늑하고 편안했다. 그곳에서는 가족이 함께하는
큰 방이나 대청에서는 불가능한, 온갖 기발한 생각들이 마
르지 않는 샘물처럼 용솟음쳤다.

아이들은 자기만의 공간을 좋아한다. 계단 중간에 조금
넓게 만들어 놓은 계단참, 잡다한 물건들을 넣어 두는 광,
골방, 지하실 같은 공간은 유년의 영혼이 휴식을 취하며,
놀고, 숨고, 공상하고, 상상하며, 꿈을 꾸는 장소였다. 그곳
은 생성과 창조의 공간이었다. 이와 같은 부속 구조물이 없
는 아파트 같은 자폐적 평면 공간은 입체적 사고를 방해하
며, 고전적인 상상력 배양을 어렵게 한다.

우주인이 멀리 떨어진 우주에서 지구를 바라보며 느끼게 되는 의식 상태를 조망 효과(Overview Effect)라고 한다. 우주에서 지구를 바라보면 인생관, 생명관, 윤리관 등이 달라질 수 있다. "지구는 푸른빛이었다."라고 유리 가가린은 말했다. 우주에서 보는 지구는 국경도 담장도 없다. 지구라는 푸른 별에는 온갖 동식물이 한 울타리 속에서 함께 어울려 산다. 그런 모습을 바라보면 전쟁, 종교, 생태, 생명, 인종 등의 문제에 더욱 대국적인 관점을 가질 수 있다. 우리는 주기적으로 좀 먼 거리에서 자신이 몸담고 있던 곳을 바라볼 필요가 있다.

그러나 자신이 머무는 곳에서 떨어진다는 것이 모든 면에서 긍정적인 것만은 아니다. 1956년 미국의 어느 전투 조종사가 2만 미터가 넘는 고도에서 기절하는 사건이 있었다. 그는 지구와 현실 세계에서 분리되는 것 같은 이상한 느낌 때문에 기절한 것이다. 이것을 브레이크 오프 효과(Break-Off Effect)라고 부른다.

어디에서 멀리 떨어질 경우, 사람에 따라 그 효과는 다르게 나타날 수 있다. 떨어지고 분리되는 것에 두려움을 느끼면 브레이크 오프 효과, 그 상황을 긍정적으로 받아들이면 조망 효과를 느끼게 되는 것이다.

아웃사이더outsider는 내부자를 의미하는 인사이더insider와 구별되는 인간형으로, 국외자 또는 이단자를 뜻한다. 타의에 의해 어떤 집단에 동화되지 못하거나 배척되는 경우는 소극적, 수동적 아웃사이더이고, 소속 집단의 규칙이나 질서에서 스스로 벗어난 경우는 적극적, 능동적 아웃사이더이다. 과거 악동들이 비밀 본부를 만든 것, 요즘 아이들이 캠핑 가서 텐트를 치고 자기만의 공간에서 지내는 활동 등은 잠시나마 적극적 아웃사이더가 되어 보려는 행위로 볼 수 있다.

영국의 소설가이자 문학평론가인 콜린 윌슨은 그의 저서 『아웃사이더』에서 카뮈의 『이방인』, 도스토예프스키의 『카라마조프가의 형제들』 등에 나오는 작중 인물들과 니체, 반 고흐 같은 실제 인물들을 아웃사이더라는 관점에서 분석하였다. 이 아웃사이더들은 지루하고 불만족스러운 일상의 세계를 본능적으로 거부했다. 그들은 억압과 감시 감독, 일방적인 지시를 견디지 못했다. 그들은 일상이 따분하게 되풀이되는 것은 고역이며 노예들에게나 알맞다고 느꼈다.

모든 위대한 시인들이나 사상가들은 이 감정을 문학과 철학적 사색의 출발점으로 삼았다. 아웃사이더들은 체제

안의 순응자인 인사이더들이 보지 못하거나 애써 무시하려고 하는 지배 질서의 허구성을 폭로하고 조롱했다. 능동적, 창조적 아웃사이더들은 인간성의 폭과 깊이를 넓혔고 인간이 지향해야 할 가치와 이상향을 창조했다.

북극성과
호저 딜레마

　　　　　　　　헬리콥터처럼 항상 자녀 주위를 맴돌면서 모든 일에 끊임없이 개입하고 간섭하는 헬리콥터형 부모가 한국에만 있는 것은 아니다. 미국 텍사스대 연구진이 대학생 자녀를 둔 미국 부모의 60%가 헬리콥터형이라는 설문조사 결과를 발표한 적이 있다. 헬리콥터형 부모는 지나치게 애정 표현을 하며, 자녀의 주장이나 고집에 쉽게 굴복할 뿐만 아니라, 나쁜 행동조차도 무시하거나 아무 생각 없이 수용하는 경향이 있다. 이런 부모 밑에서 성장한 아이들은 목표가 없고 참을성과 자기 통제력이 약하며 부모에게 의존적이다.

　헬리콥터형에서 한발 더 나아가면 자녀의 방에 감시 카

메라까지 설치하여 자녀의 일거수일투족을 감시하는 감시
카메라형 부모가 되거나, 부모가 모든 일의 방향을 결정하
여 강압적으로 몰아붙이는 불도저형이나 폭격기형 부모가
된다. 이런 부모는 자녀의 ID와 패스워드를 알아내어 이메
일까지 훔쳐본다. 이런 부모 밑에서 성장한 자녀는 지나친
공격 성향이나 위축감, 좌절감과 적개심 등을 번갈아 보이
는 경향이 있고 늘 불안해하며 심한 스트레스를 받는다.

자녀에게 등록금과 생활비만 보내주고 모든 것을 알아
서 하라는 부모는 인공위성형 부모라고 부른다. 이런 부모
는 필요한 것만 제공해 주고 외형상 무관심을 표방하며 인
공위성처럼 멀리서 관찰한다. 자녀의 의견을 존중해 주고,
항상 자녀를 자랑스럽게 여기면서 스스로 알아서 행동하도
록 도와주며, 자주 대화를 나누고 토론하는 부모를 컨설턴
트형 부모라고 부른다. 이런 부모 밑에서 자란 자녀는 자신
을 사랑하고 신뢰하면서 추구하는 일에 적극적인 관심과
흥미를 느끼며 남에게도 관대하다.

고대 그리스 이타이카 왕국의 오디세우스 왕이 트로이
전쟁에 출정하면서 멘토라는 친구에게 아들 텔레마코스를
돌봐달라고 맡겼다. 왕의 친구는 왕의 아들에게 친구, 조언
자, 상담자, 선생님, 때론 엄한 아버지의 역할을 수행하며

왕의 아들을 훌륭하게 키웠다. 오디세우스가 10년 후 트로이 전쟁이 끝나고 돌아와서 너무나 훌륭하게 자란 아들을 보고 놀라움을 금치 못하였다. 그 이후로 제자를 잘 이끌어 훌륭하게 교육하는 사람을 멘토Mentor라고 부르게 되었다.

자녀 양육 방식에 따라 부모의 유형은 다양하게 분류될 수 있다. 문제는 누구도 이상적인 컨설턴트형 부모가 되기는 어렵다는 것이다. 부모는 욕심이 앞서기 때문에 자기 아이를 냉정하게 객관적으로 판단하여 지도하기가 어렵다. 공자도 자식은 서로 교환하여 가르치는 것이 좋다고 했다. 자식에 대한 비정상적인 간섭과 욕심을 버리고 훌륭한 멘토를 찾아주는 것이 부모와 자식 간의 불필요한 마찰과 갈등을 줄이는 방법이 될 수 있다.

유치원과 초등학교 저학년 정도까지 부모는 낮에는 태양, 밤에는 보름달의 역할을 한다. 그들은 아이들이 가는 길을 환하게 밝혀주며 따라오라고 한다. 아이들도 별 저항 없이 즐거운 마음으로 부모를 따라다닌다. 그러나 초등학교 4학년쯤 되면 부모가 어딜 따라오라고 하면 행선지를 물어보고는 재미없을 것 같으면 숙제를 해야 하거나 친구와 약속이 있다며 동행을 거부한다. 중 2를 지나면 부모와 함께 있는 것 자체를 싫어하는 학생들이 급속도로 늘어난다.

고등학생이 되면 세상에서 제일 듣기 싫은 게 엄마 아빠 이야기, 그다음이 선생님 이야기인 학생들이 많다. 그들은 동년배나 한두 해 선배들의 말에는 솔깃하게 귀를 기울인다. 대학에 진학할 때 지방 학생들은 이유 여하를 막론하고 부모를 떠나고 싶어 한다. 이 무렵부터 부모는 본격적으로 자식들에게 섭섭한 마음을 가지게 되고 심하면 배신감을 느끼기도 한다.

아이들이 성장하면 부모는 존재감을 드러내지 않으려고 노력해야 한다. 북극성과 같은 존재가 되어야 한다. 아이가 초등학교 고학년이 될 때쯤부터는 자녀들과 떨어지는 연습을 해야 한다. "우리는 북극성이 가장 환하게 빛나는 별일 것으로 생각하지만 사실 북극성은 대표적으로 흐린 별 가운데 하나야. 북극성은 모두가 바라보는 위치에 있지만, 자신을 드러내지 않아. 오히려 자신의 빛을 낮추고 다른 별들이 돋보일 수 있도록 도와주지." 박태현의 『소통』에 나오는 말이다. 북극성은 자신을 드러내지 않고 주변의 별들이 더 빛나도록 도와준다.

그렇다고 북극성이 별 볼 일 없는 별인 것은 아니다. 모든 별은 북극성을 중심으로 시간당 15도씩 회전한다. 지구에서 보면 북극성은 우주의 중심인 것이다. 지금도 바다나 사막, 산과 밀림 같은 곳에서 현대식 장비 없이 밤에 길을 잃었을 때, 우리는 북극성을 찾아 방향을 가늠하게 된다.

아이가 스스로 빛날 수 있도록 부모도 북극성처럼 자신의 밝기를 줄여야 한다. 그렇게 한다고 아이들이 부모를 무시하거나 완전히 망각하는 것이 아니다. 세상을 살아가다가 어려운 문제에 부딪힐 때, 그들은 엄마나 아빠라면 이런 경우 어떻게 할까에 관해 생각하게 된다. 홀로 고심하다가 답을 찾지 못하면 부모에게 도움을 구한다. 자녀들이 필요할 때 북극성처럼 부모를 활용할 수 있도록 해야 한다.

북극에 사는 호저라는 동물은 뻣뻣한 가시털이 온몸을 덮고 있다. 추우면 두 마리가 서로 몸을 가까이 밀착하여 추위를 이기려고 한다. 문제는 너무 가까이하면 가시털이 서로를 찌르게 된다는 것이다. 그들은 시행착오를 거듭한 끝에 상대의 가시에 찔리지 않으면서도 추위를 이길 수 있는 적당한 거리를 찾아낸다. 이처럼 너무 가까이해서도 안 되고, 멀리해서도 안 되는 관계를 철학자 쇼펜하우어는 '호저 딜레마(porcupine dilemma)'라고 했다.

시어머니와 며느리, 시누와 올케 사이만 그런 것이 아니다. 모든 인간관계는 적당한 간격을 유지해야 한다. 우리는 서로 상처를 주고받을 것을 빤히 알면서도 애써 한계점을 넘어 가까이 다가오라고 하고는 결국 관계를 파탄에 이르게 한다. 겉으로 웃고 있어도 속으로는 피를 흘리며 괴로워한다. 부부, 부모와 자녀, 친척, 친구, 연인 등 누구와의 관계에서도 시공간적으로 적절한 간격과 거리를 유지하려고 노력해야 한다. 그래야 치명적인 상처를 주지 않고 상대를 더욱더 애틋하게 생각하며, 서로의 행복을 위해 노력하고 기도하게 된다.

거리두기를 위한
책 읽기

『말』

장 폴 사르트르는 유년기를 다룬 자서전 『말』을 발표하고 그다음 해인 1964년 노벨 문학상 수상자로 결정되었지만, 노벨상이 서구 작가들에게 치우쳐 공정성을 잃었다며 수상을 거부했다. 『말』은 20세기의 가장 중요한 자서전 가운데 하나로 오늘날까지도 꾸준하게 읽히며 연구의 대상이 되고 있다.

사르트르는 아버지 없이 자란 유년 시절이 축복이었다

고 말했다. 그는 "좋은 아버지란 이 세상에 존재하지 않는다. 만일 나의 아버지가 오래 살았다면 그는 내 머리 위에 군림하며 나를 억압했을 것"이라고 말하며 자기 위의 어떤 존재도 인정하지 않는다고 했다. 심지어 사르트르는 "아버지가 자식을 위해 할 수 있는 최선의 방법은 일찍 죽는 것이다."라는 말까지 했다.

그의 말과 글이 전하는 핵심 메시지는 '아버지는 부권의 권위로 아이의 상상력과 창의력을 억압하는 경우가 많다.'라는 것이다. 사르트르는 이 점에 예민했다. 반면에 할아버지는 한 다리를 건넌 관계여서 아버지만큼 성가시게 감시 감독하거나 억압하지 않으면서 손자를 귀여워하며 성장을 지켜봐 줄 수 있는 사람이다.

사르트르는 파리에서 태어나 채 두 살이 되기도 전에 아버지를 잃었다. 키가 작고 왜소했던 그는 가벼운 사시였고 또래 아이들과 잘 어울리지 못했다. 그는 어린 시절부터 책에 의존해 세상을 버텨냈고, 책에서 위안을 얻었다. 그는 어린 시절 굉장한 독서가이며 많은 책을 소장하고 있던 외할아버지의 서재에서 구원과 위안을 얻었다. 그는 유년 시절 내내 책에 파묻혀 지냈다.

『말』은 외조부 집에서 보낸 10세 무렵까지의 자서전이다. 그는 할아버지의 서재에서 하나의 '세계'와 '인류의 지혜'를 만났다. 공부의 과정을 다룬 1부 '읽기'와 습작의 과정을 다룬 2부 '쓰기'로 구성된 이 작품은 사르트르가 세상을 살아온 방식을 잘 보여주고 있다.

　나는 책에 둘러싸여서 인생의 첫걸음을 내디뎠으며, 죽을 때도 필경 그렇게 죽게 되리라. 할아버지의 서재는 도처에 책이었다. 그는 일 년에 한 번, 즉 10월에 신학년이 시작되기 직전이 아니면 서재의 먼지도 못 털게 했다. 나는 아직 글을 읽을 줄 몰랐는데도 이 선돌立石들을 존경했다. 꼿꼿이 서 있는 것, 비스듬히 누운 것, 벽돌장 모양의 서가에 촘촘히 꽂힌 것, 선돌들의 행렬처럼 간격을 두고 고상하게 놓인 것…, 나는 이 책들이 우리 집의 번영을 좌우하는 것이라고 느꼈다. 그것은 모두 비슷한 모양이었다. 나는 작달막한 고대의 유물들에 둘러싸인 이 작은 신전 속에서 뛰놀았다. 내가 태어나는 것을 보았고 또 나의 죽음을 지켜볼 유물들, 과거와 똑같이 평온한 미래를 내게 보장해 줄 영원한 유물들, 나는 그것들을 몰래 만져보았다. 먼지가 손에 묻는 것이 자랑스러웠기 때문이다. 그러나 그 유물들의 용도가 무엇인지는 잘 알 수 없었다. 그러면서도 매일같이 뜻 모를 의식儀式에 참석했다. 여느 때는 어머니가 장갑 단추를 끼워 주어야 할 정도로 손

놀림이 서투른 할아버지였지만, 이 유물들만은 사제司祭처럼 솜씨 있게 다루는 것이었다.

- 『말』 1부 '읽기' 중에서

나는 기뻐서 어쩔 줄을 몰랐다. 식물 표본처럼 그 조그만 상자 속에 들어 있는 말린 목소리, 할아버지가 들여다보면 다시 살아나는 목소리, 할아버지 귀에는 들리지만 내 귀에는 들려오지 않았던 그 목소리가 이제는 내 것이 되었으니 말이다! 나는 그것을 귀담아듣고 의젓한 이야기들을 몸에 가득 지니고 모든 것을 다 알고 말리라. 할아버지의 서재를 마음대로 배회할 수 있게 된 나는 인류의 지혜와 씨름하기 시작했다. 그것이 나의 오늘날을 만들어 놓은 것이다.

- 『말』 1부 '읽기' 중에서

유년의 사르트르에게 책은 장난감이자 친구였다. 글을 깨치게 된 사르트르는 열광했다. 그는 아버지가 없었기 때문에 그를 규제하는 억압이 없다고 생각했다. 그는 책을 읽으며 어른들의 삶의 방식과 사고방식에 순종하거나 거부하면서 세상을 읽어나갔다. 다양한 가면으로 자신을 치장하며 어떤 순간은 그것이 자신의 모습이라고 생각했다. 책을 읽으며 다양한 이중적 생활을 하면서 회의에 빠지기도 했고 그러면서 진정한 자신을 발견할 수 있었다.

나는 글쓰기를 통해서 다시 태어났다. 글을 쓰기 전에는 거울놀이밖에는 없었다. 한데 최초의 소설을 쓰자마자 나는 한 어린애가 거울의 궁전 안으로 들어선 것을 알았다. 나는 글을 씀으로써 존재했고 어른들의 세계에서 벗어났다. 나는 오직 글쓰기를 위해서만 존재했으며, '나'라는 말은 '글을 쓰는 나'를 의미할 따름이었다. 그런들 어쩌랴, 나는 기쁨을 알았다. 공중의 노리개와 같던 어린애가 이제 자기 자신과 사적私的인 데이트를 하게 되었던 것이다.

-『말』 2부 '쓰기' 중에서

사르트르는 글을 쓰는 법을 알고부터 자신의 세계를 만들기 시작했다. 그는 일곱 살 때 외할아버지와 운문으로 주고받는 편지로 글쓰기를 시작했다. 어린 손자가 소설 같은 것을 열심히 쓰는 것을 보고 외할아버지는 손자가 가난한 글쟁이가 될까 봐 걱정했다. 할아버지는 손자를 무릎 위에 앉히고는 열심히 공부하여 일단 문학 교수가 되고 나서 취미 삼아 글을 써야 한다고 타일렀다. 그러나 할아버지의 말은 손자를 더욱 작가의 길로 몰아붙이는 결과를 가져오고 말았다. 그는 글을 쓰면서 주인공과 일정 거리를 유지하며 자신이 존재할 수 있는 공간을 만들었다.

사르트르는 『말』에서 "유년기가 일생을 결정한다."라고 단언했다. 유년기에 보고, 듣고, 읽고 경험한 모든 공감과 혐오의 감정들이 그 이후의 모든 의식과 감정을 지배한다는 것이다. 외할아버지의 서재는 엄숙한 사원임과 동시에 지적 유희를 누릴 수 있는 놀이터였다. 아이들에겐 움막, 다락방, 야영지의 텐트, 할아버지의 서재 같은 공간이 필요하다. 내 아이를 감수성이 예민하고 표현력이 풍부한 창의적인 인물로 키우고 싶은 부모는 자녀와 함께 사르트르의 『말』을 정독해 볼 필요가 있다.

『레 미제라블』

휴 잭맨이 열연한 뮤지컬 영화 『레 미제라블』이 전국을 강타하던 해, 컴퓨터 게임 중독 등으로 부모와 자식 간에 마찰이 극심한 예비 고3 학생과 학부모들을 상대로 특강을 했다. 국어, 수학, 영어 학습법 강의를 마치면서 그해 입시에서 성공하기 위해 당장 실천하면 효과가 탁월한 방법을 제시하겠으니 뜻이 있으면 실행해 보라고 했다.

"지금 영화관에서 인기리에 상영되고 있는 『레 미제라블』을 온 가족이 함께 보십시오. 영화를 보고 뭔가 와닿는 것이 있으면, 요약본 말고 다섯 권으로 번역된 원작을 읽어 보세요. 그러면 열심히 공부해야 하는 이유를 알게 되고 새로운 힘을 얻게 될 것입니다. 단 소설을 다 읽을 때까지 컴퓨터는 사용하지 마십시오. 책을 읽는 동안에는 스마트폰도 끄거나 무음으로 해 두도록 노력해 보세요. 남녀노소를 막론하고 모든 사람은 육체적으로는 땀을 흘려야 하고 정신적으로는 주기적으로 감동의 세례를 받아야 합니다. 그래야 일이나 공부를 더욱더 즐거운 마음으로 할 수 있고 생산성을 높일 수 있습니다." 한 달 반이 지난 어느 날, 캠프에 참가했던 어느 학생으로부터 편지가 왔다.

"선생님, 영화 『레 미제라블』을 보고 너무 감동하여 선생님께서 추천한 원전 완역본 다섯 권을 보름 동안 읽었습니다. 저는 책을 펼치자마자 짧은 서문에서 '무산계급에 의한 남성의 추락, 기아에 의한 여성의 타락, 암흑에 의한 어린이의 위축, 이 시대의 이 세 가지 문제가 해결되지 않는 한… 지상에 무지와 빈곤이 존재하는 한, 이 책 같은 종류의 책들도 무익하지는 않으리라.'라는 운명처럼 다가온 메시지를 읽고, 이 책을 끝까지 읽어야겠다는 결심을 했습니다. 서문이 주는 강력한 암시가 지루한 부분을 견디게 했고, 5권을 다 읽게 했습니다. 소설을 읽는 동안에는 공부에 다소 지장이 있었습니다. 그러나 소설에 흠뻑 취하고 나니 왜 열심히 공부해야 하는지를 깨닫게 되었습니다. 초등학교 때는 줄거리만 추린 이백 쪽 분량의 『장발장』을 읽고 그게 전부라고 생각했습니다. 완역본을 다 읽었다는 성취감이 이렇게 대단한 줄 몰랐습니다. 소설을 통해 특정 시대와 그 시대를 살았던 인간의 모습을 실감 나게 체험하며, 현재와 미래의 나, 내가 살아갈 세상에 대해 더욱더 많은 생각을 하게 되었습니다. 제가 왜 지금까지 선생님의 말씀처럼 컴퓨터를 켜놓고 정보의 쓰레기통이나 뒤지면서 시간을 낭비했는지 후회가 됩니다. 열심히 공부해야 하는 이유를 이런 방식으로 깨우쳐 주셔서 정말 감사합니다. 이제 컴퓨터 게임도 시시해졌습니다. 제가 소설에 빠진 것을 보고, 소설 읽기를 권했던 선생님을 원망하던 어머니께서 지금 『레 미제라블』을 읽고 있습니다. 이 소설이 어떻게 저를 이렇게 변하게 했는지 알고 싶어 읽는다고 하셨습니다. 어머니께서 너무 행복해하시는 것 같아 저도 기쁩니다."

소설 『레 미제라블』에는 한국의 수능시험에 관한 말은 한마디도 없다. 이 작품이 19세기 프랑스 소설이기 때문이다. 학생은 빅토르 위고의 『레 미제라블』 다섯 권을 읽는 과정에서 사회악에 굴복하지 않고 진정한 선을 실행하는 것이 무엇인가에 대해 처음으로 깊이 생각하게 되었다고 했다. 학생은 장 발장을 통해 양심의 문제를 깊이 성찰하며 사회와 인류를 위해 뭔가 옳고 좋은 일을 해야겠다는 결심을 하게 된 것이다. 그는 소설을 읽으며 인간 사회와 역사, 혁명과 정의 등 사회 전반의 문제에 처음으로 진지하게 관심을 가지게 되었고, 앞으로 대학에 가서 이 문제들을 정말 제대로 공부해 보아야겠다는 결심을 하게 되었다고 했다.

편지의 문장과 문체 자체가 이미 엄청난 수준을 보여주고 있었다. 그 학생은 2학년 때는 중간 정도의 성적이었는데, 고 3 때 열심히 공부하여 서울의 명문 사립대 경영학과에 합격했다. 『레 미제라블』이 학습 동기 유발에 특별히 도움이 되는 책은 아니다. 특강을 할 당시 그 영화가 상영되고 있었기 때문에 그냥 그 책을 추천한 것이다. 어떤 책이라도 상관없다.

청소년기에 고전 작품을 읽은 학생과 안 읽은 학생은 나중에 모든 면에서 확연히 차이가 난다. 아날로그적 기반이 부실한 디지털 세계는 뿌리가 약한 나무와 같다. 부모나 교사의 훈계에 의한 학습 동기 유발은 효력이 3일 가기 어렵지만, 문학작품이 주는 감동이 수반된 자발적인 학습 동기 유발은 그 효과가 한 달 이상, 평생 지속할 수 있다. 아들과 엄마는 소설 『레 미제라블』을 통해 서로 떨어지면서도 가까워지는, 적당한 거리 찾기에 성공한 것이다.

천천히
서둘러라

　　　　　나는 학생과 학부모들을 상대로 강의를 하면서 우리가 바람직하다고 생각하는 방법들을 삶의 현장에 적용했고, 또 피드백을 주고받았다. 문제는 '책 읽기와 문학 교육을 통한 미래의 길 찾기' 프로그램에 적극적으로 참여하는 부모들 역시 의식의 근저에는 불안감이 깔려 있었고 조급한 마음을 가지고 있다는 사실이었다. 그들은 대원칙에 동의하면서도 대부분 사람이 가는 대열에서 잠시 이탈하는 것을 두려워했고 빨리 결과를 보고 싶어 했다. 그럴 때마다 올바른 방향이 중요하다는 점을 확인하며 지혜롭게 기다리자고 서로 격려했다. 그 과정에서 우리가 함께 생각한 것이 '천천히 서둘러라'이다.

아우구스투스는 로마 최고 번성기를 연 황제다. 그는 안토니우스를 물리치고 황제가 되었고, 사망할 때까지 최고 권력자로 군림했다. 그는 글로벌 제국으로 성장한 로마에 걸맞은 지배 구조를 구축하려고 노력했던 율리우스 카이사르의 구상을 착실하게 구현하여 200여 년에 걸친 번영기, 즉 팍스 로마나Pax Romana 시대를 열었다. 『로마인 이야기』를 쓴 시오노 나나미는 "내가 본 역사상 가장 이상적인 후계 구도는 예수에서 베드로, 카이사르에서 아우구스투스로 간 것이다. 역사에서는 성격상 상반되는 인물이 전임자의 혁명을 완수한 경우가 많다."라고 했다.

아우구스투스는 카이사르 사후의 혼란한 정국을 수습하고 자신의 통치 이념을 실현하는 과정에서 '천천히 서둘러라(Festina Lente)'를 좌우명으로 삼았다. 그의 좌우명 '페스티나 렌테'는 수많은 정치인과 학자들에게도 영향을 주었다.

로마제국 아홉 번째 황제인 페스파시아누스는 권력의 최상부에 오르기 어려운 세리 집안 출신이었지만 특유의 치밀함과 부지런함으로 황제의 자리까지 오른 탁월한 능력의 소유자였다. 그의 초상이 그려진 동전 뒤쪽에는 '닻과 돌고래'의 모양이 새겨져 있다. '천천히 서둘러라'는 아우구스투스의 좌우명을 로고로 새긴 것이다. 무거운 '닻'은 배의 '안전'을 의미하고 '돌고래'는 파도를 헤치고 빠르게 나아가는 '속도'를 상징한다.

르네상스 시대 지식인들도 '닻과 돌고래' 아이콘을 애호했다. 르네상스 시대의 출판업자 알도 미누치오도 '페스티나 렌테'를 즐겨 사용했다. 그는 아리스토텔레스의 작품을 포함해 수많은 고전 텍스트를 출판하면서 인문 정신의 고양과 인문학 부흥에 큰 족적을 남겼다. 그가 만든 알도 출판사의 표장은 돌고래가 닻을 휘감고 있는 모양을 형상화한 것이다. 닻과 돌고래는 안정되게 일정 속도를 유지하며 기회를 기다리다가 때가 되면 돌고래처럼 민첩하게 행동하라는 것을 상징한다. 그가 세상을 떠났을 때 꽃이 아닌 그가 출판한 책들이 그의 유해 주변을 장식했다고 한다.

지금 우리는 너무 들떠 있고, 모든 일에서 너무 빨리 결론을 내리고 성과를 얻고 싶어 한다. 학부모와 교육종사자들은 변화와 안정, 속도 등에서 균형을 생각하며, 어느 한쪽이 비정상적으로 지나치게 강조되는 측면을 눈여겨 살펴볼 필요가 있다. 곳곳에서 막상 속도가 필요한 곳에서는 속도가 없고, 안정과 무게가 요구되는 곳에는 또 지나치게 빨리 결론을 내리는 우를 범하고 있다. '페스티나 렌테' 는 모든 일에서 신중하면서도 신속한 자세가 필요하다는 점을 일깨워 준다.

어른과 아이 모두에게 광장의 '같이' 와 밀실의 '따로' 는 둘 다 필요하다. 대부분 사람은 때로 고독 속에서 자신을 단련하며 창조적 에너지를 생산할 필요를 느낀다. 그 순간 사적인 공간을 갈망한다. 버지니아 울프는 제인 오스틴이 『오만과 편견』을 가족 모두가 함께 기거하는 공동거실에서 집필했다는 사실을 상기시키며, 여성에게 '고정적인 소득' 과 '자기만의 방' 이 주어지면 여성 셰익스피어가 나올 수 있다고 말했다.

성장 과정에 있는 아이들에게 물리적, 심리적인 자기만의 공간을 만들어 주어야 한다. 혼자 돌아다니며 스스로 찾아서 공부하고, 숲이나 모래톱에 친 텐트 속에서 혼자 빈둥거릴 기회를 제공해야 한다. 유소년 시절, 자기만의 다락방에서 자유롭게 공상하며, 자신을 달래고 치유하는 법을 터득한 아이는 지적 호기심과 모험심을 평생 유지할 수 있고, 삶의 과정에서 수시로 찾아오는 무기력의 포위망에서도 쉽게 벗어날 수 있으며, 일상을 자신 있게, 자율적으로 끌어갈 수 있기 때문이다.

가정이란 과보호의 울타리, 한 치 틈도 없이 꽉 짜인 프로그램, 편향된 특정 이데올로기 안에 아이들을 가두어 두려고 해서는 안 된다. 어린 시절에 객기와 일탈의 본능을 억압당하면 어른이 되었을 때 파괴적 아웃사이더로 변하기가 쉽다. 한 번 고삐가 풀리면 극단까지 가는 경향이 있다. 우리 사회에 범람하는 맹목적인 증오심과 섬뜩한 눈빛의 아웃사이더들을 보라.

안과 밖을 자유롭게 넘나들 수 있는 유연한 사람, 모든 대상을 상대로 가까이하기와 멀리하기의 균형을 유지할 수 있는 창조적 아웃사이더만이 자신과 주변을 객관화하며 창조적인 발상을 할 수 있다. 젊은 날의 폭넓은 독서와 여행을 통한 생산적 일탈과 거리 두기의 경험이 중요한 이유이다.

참고한 책

· 사뮈엘 베케트, 오증자 옮김, 『고도를 기다리며』, 민음사, 2012.
· 콜린 윌슨, 이성규 옮김, 『아웃사이더』, 범우사, 1997.
· 박태현, 『소통』, 웅진윙스, 2007.
· 장 폴 사르트르, 정명환 옮김, 『말』, 민음사, 2012.
· 빅토르 위고, 정기수 옮김, 『레 미제라블』 전 5권, 민음사, 2013.
· 윤일현, 『부모의 생각이 바뀌면 자녀의 미래가 달라진다』, 학이사, 2009.
· 윤일현, 『시지프스를 위한 변명』, 학이사, 2016.

제4차 산업혁명과 아날로그적 감성, 시 읽고 쓰기

스파르타인들은 전쟁하는 동안에는 안정을 유지했지만, 제국을 얻자마자 붕괴하고 말았다. 그들은 평화가 가져다주는 여가 사용 방법을 몰랐기 때문이다. 그들은 전쟁 훈련 이외의 다른 것과 그리고 더 좋은 것들에 대해서는 어떤 훈련도 받지 못했다.

- 아리스토텔레스, 『정치학』 중에서

노동 없는 사회가 급속도로 다가오고 있다. 2017년 2월 두바이에서 열린 '월드 거버먼트 서밋World Government Summit'에서 테슬라의 CEO 일론 머스크는 "미래 사회에서는 인공지능(AI)이 상용화되면서 20%의 인간만 의미 있는 직업을 가지게 될 것이다."라고 말했다. 『리얼리스트를 위한 유토피아 플랜』을 쓴 뤼트허르 브레흐만은 한겨레신문과의 인터뷰에서 "인류는 미래의 어느 시기부터 하루 3시간씩 주 5일만 일하며, 보편적인 기본소득을 받고, 국경이 없는 세계에서 살 수 있다. 이것은 유토피아로 여겨지나, 역사상 어느 때보다 실현이 가능해진 계획이다."라고 주장했다.

　4차 산업혁명이 인류에게 유토피아를 가져다줄지, 디스토피아를 가져다줄지는 아직 확정적으로 단정하기 어렵다. 다만 4차 산업혁명으로 지금까지 인류가 상상하지도 못했던 새로운 세계가 도래할 것이란 점은 분명해 보인다.

　로봇과 인공지능 등이 사람의 일자리를 위협하게 되자 실리콘밸리를 중심으로 기본소득(Universal basic income, UBI) 실험이 진행되고 있다. 기본소득이란 정부가 국민에게 매달 조건 없이 기본적인 생활을 하는 데 충분한 돈을 지급하는 제도를 말한다. 그런데 어떻게 사용하든지 상관하지 않고 매달 일정 금액의 돈을 준다고 모든 사람이 무조건 행복해하지는 않을 것이다. 스스로 일하지 않고 돈 받는 것을 수치로 생각하는 사람도 많을 것이기 때문이다. 대부분 사람은 자아실현과 자존감을 유지할 수 있는 직장을 가지길 원한다. 미래 사회에서는 국가 기관이 나서서 2008년 금융위기 때 어른들에게 가벼운 소일거리를 제공하고 얼마간의 돈을 제공한 '희망근로사업' 처럼 그와 유사한 가짜 직업을 만들어 제공할 수도 있다.

세계 모든 나라가 다 그렇지는 않겠지만 4차 산업혁명이 상당히 진전된 단계에 이르면 우리나라를 포함하여 많은 나라에서 일하는 시간이 현재보다는 엄청나게 줄어들 것이다. 코로나19는 노동 현장에서 주4일제 근무를 예상보다 훨씬 앞당길 수도 있다.

만약 하루 3~4시간씩 한 주에 4~5일 정도만 일하는 날이 온다면 나머지 시간은 어떻게 할 것인가. 생산수단과 엄청난 부를 소유한 사람 중 일부는 식민지의 확장으로 얻게 된 풍부한 재화와 노예노동으로 향락과 사치에 빠졌던 로마 시민처럼 퇴폐적인 생활을 할 것이다. 또 일부는 고상한 취미생활과 진취적인 모험, 지적 호기심의 충족, 다양한 주제에 관한 심층적 연구 등에 돈과 시간을 투자할 것이다. 절대다수의 보통 사람들은 공짜로 제공되는 데이터나 즐기며 평범하고 별 의미 없는 일상생활을 영위할 가능성이 높다.

여가

스파르타는 주변 도시 국가들보다 비옥한 토지를 갖고 있어서 상대적으로 부유했다. 스파르타의 군사훈련 과정은 처절했다. 세살부터 가정과는 격리되어 엄격한 군사 훈련을 받았다. 집단 속에서 겁쟁이로 낙인찍히면 가차 없이 처형되었다. 후세 사람들은 그들의 무자비한 훈련 방식을 '스파르타식'이라 부른다. 그들에게 교육이란 바로 군사훈련을 의미했다.

경제학자 토드 부크홀츠는 『다시, 국가를 생각하다』에서 주변 국가보다 선진 강국으로 번영을 구가하던 국가가 쇠락하게 되는 원인은 '출산율 저하, 국제교역의 확대, 부채 증가, 근로 의지 쇠퇴, 공동체성의 소멸'이라는 5가지 역설 때문이라고 말한다. 아리스토텔레스는 『정치학』에서 스파르타의 멸망 원인으로 먼저 인구 감소를 지적했다. 부유한 가문의 사람들은 아이를 낳지 않았고 토지와 자본은 소수에게 집중되었다. 교육의 기회를 얻지 못한 여자들은 남자들이 전쟁터에 나가 있는 동안 방종과 사치에 빠졌다. 기원전 4세기 초에 스파르타 인구는 80%나 감소했다. 테베인들은 수적으로 열세인 스파르타를 두려워하지 않게 되어 그들을 공략했다. 스파르타는 막대한 부를 거머쥔 이후 후손을 낳을 필요성을 상실했기 때문에 망했다.

아리스토텔레스가 지적한 '인구 감소' 보다 더욱 우리의 관심을 끄는 것은 그가 스파르타의 또 다른 멸망 원인으로 꼽은 '여가 사용법' 이다. 그는 『정치학』에서 전쟁을 목적으로 삼는 국가들 대부분은 전쟁을 하는 동안에만 안전하다는 점을 지적했다. 그는 전쟁을 목적으로 하는 나라가 제국을 세우고 평화가 도래하면 그들의 기질은 사용하지 않는 칼처럼 예리함을 상실한다고 지적하며, 입법자는 사람들이 여가를 적절하게 활용하도록 가르치지 않은 데 대해 비난받아야 한다고 말했다. 아리스토텔레스가 말한 '스파르타의 붕괴와 여가 사용법' 은 입시전쟁을 치르고 있는 우리 현실에도 적용할 수 있다.

새벽별 보며 학교에 간다. 학교 수업 마치자마자 학원에 가서 밤늦도록 공부한다. 학원 마치면 독서실이나 집에서 새벽 1시 넘어까지 책상 앞에 앉아 있어야 한다. 4~5시간만 자고 일어나 다시 학교에 간다. 부모는 자녀에게 따지지도 말고, 묻지도 말고, 부모가 시키는 대로만 하라고 요구한다. 가족 모두가 소망하는 명문대학에 들어가기만 하면 어떤 것도 허락해 주겠다고 말한다. 월요일에서 일요일까지 모든 일정은 엄마가 관리한다. 대부분 가정에서는 '남모르게, 남보다 빨리, 남보다 많이'가 실질적인 가훈이다. 그들은 입시전쟁을 치르는 동안에는 일사불란하게 움직인다. 다른 것에는 신경 쓸 겨를이 없고, 그럴 필요도 없다.

자녀가 대학에 입학하자마자 사정은 급변한다. 간신히 유지되던 예리한 긴장은 자녀의 대학 진학과 더불어 사라진다. 대부분 아이는 대학 문턱을 넘을 때까지만 전력 질주하고 그다음에는 주저앉아 버린다. 아이를 대학에 보내고 나서 부모는, 특히 어머니는 심한 허탈감이나 우울증에 빠지는 경우가 많다.

대부분 가정은 입시전쟁을 치르는 동안만 안정을 유지한다. 아이가 대학에 진학하고 나면 많은 가정이 붕괴한다. 부모는 진정한 대화를 경시하고 여가를 생산적으로 활용할 수 있는 훈련을 시키지 않은 데 대해 비난받아야 한다.

인구 33만의 아이슬란드가 2018년 러시아 월드컵 최종 예선전에서 같은 조의 강호들을 물리치고 조 1위로 본선행을 확정한 것은 하나의 사건이었다. 아이슬란드 감독 할그림손은 히딩크 같은 세계적인 축구계의 명장이 아니었다. 경기가 끝나면 환자를 진료하는 치과의사였다. 그는 FIFA(국제축구연맹)와의 인터뷰에서 "나를 찾아주는 환자들을 진료하며 축구에 대한 생각을 잠시 잊고 평온함을 찾는다."라고 말했다.

그는 경기 전에 모든 언론의 주목을 받으며 두 주먹 불끈 쥐고 승리의 결의를 다지는 비장한 모습 따위 보여주지 않았다. 대신 술집을 찾아가 열광하는 서포터스의 모습을 촬영해 선수들에게 보여주며 사기를 올려 주곤 했다. 선수들 또한 영화감독, 법학도 등 주로 투잡을 가진 사람들이었다.

어릴 때부터 다른 공부는 안 하고 오로지 공차기에만 모든 것을 바친 우리 선수들을 보면 안타깝다. 그들을 비난하는 대신 영화를 보게 하고, 책을 읽히고, 음악감상과 여행을 하게 하고, 다양한 인문적 교양을 쌓게 하여 주기적으로 축구를 잊게 해 주어야 한다. 그래야 축구에 대한 열정과 이해도가 더 높아지고, 더욱 창의적인 플레이를 할 수 있는 소양과 자질을 배양할 수 있다.

일주일 내내 하루도 쉬지 않고 학교와 학원을 오가는 학생들도 우리 축구선수들과 다를 바가 없다. 부모의 주된 관심사는 점수와 석차, 다른 학생과의 상대적 비교다. 이런 환경에서 학생은 공부 자체를 즐길 수 없고, 진정한 지적 호기심을 가지기도 어렵다. 대부분의 학생은 과정을 즐기면서 무엇을 깨닫게 되는 지적 희열을 맛보기 어렵다. 일방적인 주입식 수업과 확인을 위한 시험, 그에 따른 일시적인 칭찬과 호된 질책은 모든 자발적인 자기주도적 학습 의욕을 빼앗아 가 버린다. 중간·기말시험이 없는 주말에는 야외 활동과 운동, 독서 등을 하고, 틈날 때마다 연주회, 전시회에 가고, 고적을 답사하며 박물관에서 하루를 보내기도 하고, 다양한 분야에서 교양을 쌓으면서 지적 역량을 기르고 심신을 단련해야 학업의 생산성을 높일 수 있다.

우리 아이들은 어린 나이에 만성 피로에 절어있어 세상만사를 귀찮아한다. '놀지 말고 공부하고, 쉬지 말고 공부하고, 자지 말고 공부하라' 는 구호는 우리 모두를 숨 막히게 한다. 맺고 끊고를 분명히 하며, 재미있게 잘 노는 아이가 공부도 잘하고 궁극적으로 살아남을 가능성이 높다.

'필연은 문명의 어머니이고, 여가는 문명의 유모' 라고 토인비는 말했다. 대부분의 가정은 예전과 비교가 안 될 정도로 물질적으로 풍족해졌다. 그러나 아이들은 체계적인 여가 교육을 받지 못하고, 예술을 향유하고, 문화생활을 영위할 수 있는 기본 소양과 인문적 교양이 결여된 상태로 대학에 입학하기 때문에 대학 진학 후 갖게 되는 여가를 생산적으로 활용하지 못한다. 대학에만 들어가면 모든 것을 다 용납해 준다고 했기 때문에 상당수의 학생은 별 죄의식 없이 방종과 퇴폐적 생활에 빠져든다. 그렇지 않으면 극심한 취업난으로 의미 없는 스펙 쌓기에 진을 뺀다.

아리스토텔레스는 자유시간과 여가를 사용하는 방법에 의해 공동체의 질이 결정된다고 생각했다. 그는 '여가는 교양의 기초'라고 했다. 청소년기에 여가 선용 방법을 배우지 않으면 어른이 되고 나서 혹독한 대가를 치러야 한다. 이미 많은 가정에서 그 대가를 치르고 있다.

제4차 산업혁명의 시대, 생존을 위한 덕목

카이스트 원광연 석좌교수는 "최근 4차 산업혁명이라는 단어가 각종 페스티벌, 행사, 학회,

모임 등 모든 영역에서 접두어처럼 쓰이고 있다. 제4차 산업혁명의 세계관은 실제와 가상이 공존하는 하이브리드 세계관이다."라고 말한다. 세계경제포럼(WEF)은 2016년 1월에 열린 다보스포럼에서 4차 산업혁명은 '디지털 혁명에 기반하여 물리적 공간, 디지털적 공간 및 생물학적 공간의 경계가 희석되는 기술 융합의 시대'라고 정의했다.

그러나 다른 한편에서는 4차 산업혁명이라는 게 실체 없는 담론이라고 비판한다. 이 말을 처음 유통한 다보스 포럼을 중심으로 한 일부 유럽 국가를 제외하고는 4차 산업혁명이란 말 자체를 입에 올리지 않는다고도 말한다.

유웅환 교수는 『사람을 위한 대한민국 4차 산업혁명을 생각하다』에서 "분명한 것은 이러한 희망과 냉소, 낙관과 비관, 기회와 소외라는, 마치 적·녹색처럼 상반된 신호등이 점멸하고 있음에도 4차 산업혁명이라는 열차는 혁신 기술을 장착한 채 지금, 이 순간에도 우리가 맞이할 미래를 향해 달려가고 있다."라고 말한다. 『노동의 종말』을 쓴 제레미 리프킨은 "우리의 모든 교육방식은 1차 산업혁명이 있었던 19세기의 방식과 똑같다."라고 말하며 "노동자가 거의 없는 세계로 향하고 있고 인간은 더욱 창의적인 일을 위해 진보해야 한다."라고 말한다. 독일 뮌헨공대 마인처 교수는 "4차 산업혁명의 시대에 맞는 새로운 일자리가 생기고, 산업이 변하면서 전문분야도 바뀌게 될 것이다. 교육이 바뀌지 않으면 사라지는 직업을 속수무책으로 지켜볼 수밖에 없다."라고 강조했다.

앞으로 도래할 20:80 사회(20%만 의미 있는 직업을 가지는 사회)에서는 기존의 주요 교과목에 수록된 지식의 암기, 취업을 위한 스펙 쌓기, 도구적 기술의 습득 등은 별로 의미가 없을 것이다. 유웅환 교수는 4차 산업혁명의 가장 큰 특징은 '소통과 상생'임을 강조한다. 그는 정말로 중요한 것은 기술이 아니고 사람이라고 말하며 지금은 그 어느 때보다 더 깊은 인간다움에 대한 사색과 인간의 욕망에 대한 이해가 필요하다고 지적한다. 인간의 모든 기술, 산업의 발견과 성장은 사람 중심의 문화 속에서 구현된다는 것이다.

우리는 아이슬란드 축구팀이 시사하는 바를 제대로 이해해야 한다. 앞으로는 생계를 위한 일에 종사하면서도 운동선수, 영화감독, 작가, 화가, 작곡가, 연주자, 지휘자 등의 일을 동시에 하는 사람들이 늘어날 것이다. 시인, 소설가로 인정받는 등단제도 같은 것은 의미를 상실하거나 그 영향력이 급격히 줄어들 것이다. 좋은 작품을 생산하면 그냥 출판해서 시장의 긍정적인 반응을 얻으면 그것으로 시인, 소설가가 되는 시대가 올 것이고 이미 그렇게 되고 있다. 소그룹, 지역사회, 마을 단위의 다품종 소량 생산 출판이 더욱 활발해질 것이다.

4차 산업혁명을 선두에서 이끄는 구글이 가장 중시하는 덕목은 협업이다. 개인적으로 아무리 능력이 뛰어나고 똑똑해도 팀워크가 없으면 구글에 들어갈 수가 없다고 한다. 2016년 다보스포럼도 미래 사회에 필요한 핵심 능력 중 하나로 '협업'을 꼽았다. 우리는 오로지 내 자식, 내 가족만 잘되면 남이야 어떻게 되든 상관없다는 의식이 팽배해 있는 현실을 심각하게 바라보며, '소통, 상생, 협업' 같은 능력을 갖출 수 있도록 교육제도와 교과과정을 대폭 손질해야 한다. 앞으로는 창의력, 상상력, 협동심, 사회성, 인문적 교양, 배려, 감성, 직관력, 통찰력, 공감, 연민 등의 자질을 가진 사람들이 창의적이고 생산적인 직업에 종사할 것이고, 보다 가치 있는 삶을 살 것이다. 우리가 새삼 주목해야 할 점은 앞서 언급한 자질들 대부분이 아날로그 시대의 전인교육이 강조하던 덕목이라는 사실이다. 앞으로는 개인이 어떤 경우와 환경에 처하든지 어린 시절부터 체계적인 교육으로 문화적, 문학적, 예술적 기본 소양을 갖춘 사람들이 더 풍요롭고 가치 있는 삶을 향유할 것이다.

아날로그적 감성과 소통,
적용 사례

어머니와 소풍

경주 화랑교육원에서 학부모 200여 명이 '좋은 부모 되기, 자녀 바르게 키우기' 연수를 받고 있었다. 오후 7시, 그날의 마지막 프로그램이었다. 종일 계속된 강의로 모두가 다소 지쳐 있었고 강의를 시작할 때, 그들은 무엇을 기대하는 표정도 아니었다.

"저녁은 많이 드셨습니까? 종일 교육 받아보니 아이들이 학교에서 얼마나 힘든지 아시겠지요. 질문 하나 드리겠습니다. 자기 집이 부자라고 생각하시는 분 손 들어 보세요." 느닷없이 던진 생뚱맞은 질문에 한 사람도 손을 들지 않고 주변 눈치만 살폈다. "하하, 어떻게 해야 할지 모르겠지요. 손을 들면 옆에 아는 사람이 너 그렇게 부자 아니잖아 할까 봐 두렵고, 안 들려고 하니 없어 보이고 참 난감하지요. 이런 경우에는 그냥 가볍게 웃으며 표정 관리하시고 그다음 이야기를 기다리는 것이 현명한 처신일 수 있습니다. 200여 분 가운데 몇 분은 손을 들 줄 알았는데, 아무도 없군요. 모두가 가난하시네요."

"질문 하나 더 드리겠습니다. 이번에는 반드시 답하셔야 합니다. 자녀들과 함께 밥을 먹고 난 후 다음 보기 중 어느 질문을 주로 하시는가요. 1번, 배부르게 먹었나? 또는 실컷 먹었나? 2번, 맛있게 먹었나? 엄마가 만든 음식 맛있더냐? 3번, (차려진 음식들이) 보기 좋았나? 엄마가 차려 놓은 밥상 폼 나나?" 왁자지껄한 소란과 함께 모두가 서로의 얼굴을 쳐다보며 웃었다. "눈을 감아보세요. 그리고 자신이 가장 많이 하는 질문에 손 들어 보세요." 1번과 2번에 손을 드는 사람들이 가장 많았고, 3번은 몇 명만 손을 들었다.

"알겠습니다. 손을 들지 않은 분도 속으로는 몇 번이라 결정하시고 제 말을 들어보세요. 1번은 음식의 맛이나 질, 상차림의 모양새보다는 양에 중점을 두기 때문에 전형적인 빈곤층입니다. 일단 배불리 먹는 것이 가장 핵심 관심사이니까요." 모두가 와 하고 웃었다. "2번을 선택하신 분은 양보다는 맛, 다시 말해 음식의 질에 중점을 두니까 배고픈 것만 해결하면 된다는 단계는 지난 중산층입니다." 또 웃음이 터져 나왔다. "3번을 선택하신 분은 평소 맛있는 음식을 적당량 먹는 것이 생활화되어 있기 때문에 그다음 단계인 상차림의 모양새나 식탁의 장식, 분위기 등을 중시하는 부유층입니다." 모두가 공감한다는 표정으로 웃음을 터뜨렸다.

"저 분류법에 따르면 제 어린 시절 우리 집은 부유층이었던 것 같습니다." 사람들이 다소 의아해하며 나를 바라보았다. "우리 집이 어느 정도 부자였는지 궁금하시지요. 저는 9남매 막내였고, 아버지는 몰락한 양반의 후예로 도포 자락 휘날리며 종친회 같은 데나 열심히 다니시는 경제력 없는 무골호인이었습니다. 자녀 양육의 책임은 어머니께서 짊어지셨지요. 우리 집이 얼마나 부자였는지를 보여주는 저의 졸시 한 편을 보여드리겠습니다. 제 어린 시절 우리 동네는 시에 나오는 내용처럼 대부분이 가난했습니다."

진작에 귀띔이나 하였으면
뒷집 청송댁에서
쌀 한 되는 꿨을 텐데……

닭들만 퍼덕이는 이른 새벽
죽 끓이다 홀로 마당에 서서
소풍 간다는 말 차마 못 해
전날 밤 자기 전에서야 말을 꺼낸
어린 나의 조숙함을 안쓰러워하며
흐르는 눈물 훔치며 하늘을 볼 때
쌀알같이 촘촘한 새벽 별들은

메말라 평지가 된 당신의 젖가슴에
총알처럼 비수처럼 내려와 박히고
당신은 서럽게 서럽게 우셨습니다

끓는 죽에서 쌀알 건져
숯불에 졸여 밥처럼 만들어
백철 도시락에 꼭꼭 눌러 담고
고구마 두 개, 감 세 개
밤늦게 마련한 말표 사이다 한 병
보자기에 싸는 당신의 눈에선
피보다 진한 눈물 한없이 흘러내려
앞마당에 붉게 핀 맨드라미
더욱 검붉게 물들였습니다

삽짝문 나서는 철부지에게
십 원짜리 하나 꼭 쥐여주며
잘 놀다 오너라 나직이 당부할 때
툇마루 밑 복실이도 쪼르르 뛰어나와
어머니 치마 물고 꼬리 치며 까불대고
붉게 물든 앞산이 치맛자락 날리며
너울너울 춤추며 우리 집으로 내려와서
나의 손을 꼬옥 잡고 어서 데려갔습니다

강굽이 내려다보이는 검단동 산마루
보물찾기 노래자랑 정신없이 놀다가
소풍 때면 어김없이 찾아오는 야바위꾼
빙빙 도는 나무 원판 위 닭털 달린 작은 화살로
일 원 주고 꽂아보고 일 원 주고 또 꽂아보고
한 푼도 남김없이 십 원 다 날려도
그날은 그렇게도 즐거웠습니다.

저물도록 놀다가 돌아오는 방천길
저 멀리 뚝다리 위에서 나를 기다리며
노을에 젖어있던 당신의 모습
강물과 함께 세월은 흘러가도
당신의 모습 당신의 눈물
내 가슴 속 언제까지 남아 있을 겁니다

- 졸시 「어머니와 소풍」 전문

강당이 갑자기 침묵에 잠겼다. 나도 20초쯤 아무 말도 하지 않고 가만히 있었다. 한참 후 여기저기서 흐느끼는 소리가 들렸다. 몇몇 사람은 손수건을 꺼내 눈물을 닦았다.

"성장한 환경이 이런데도 내가 우리 집이 부자였다고 말한 이유를 설명하겠습니다. 우리 어머니께서는 우리에게 밥이나 다른 먹을 것을 줄 때, 그 어떤 음식도 그냥 주지 않았습니다. 냉수를 줄 때도 쟁반에 받쳐서 주었습니다. 학교 다녀와서 배고프다 하면 간혹 프라이팬에 밥을 볶아 주시 곤 했는데, 어머니께서는 밥을 다 볶으면 프라이팬 한가운 데로 밥을 모아 동그란 그릇에 퍼 담고는, 사기 접시 위에 그릇을 거꾸로 하여 그릇만 살며시 들어 올렸습니다. 그러 면 음식점에서 주는 볶음밥처럼 접시에 밥이 소복이 돌아 나 보기 좋은 모양이 만들어집니다.

어머니께서는 아낙네들이 밥을 담을 때, 식구들의 밥을 먼저 담고 자기 밥은 밥주걱으로 비뚜름하게 그릇에 긁어 담는 것을 아주 싫어하셨습니다. 집안 행사에서 며느리나 질부들이 그런 식으로 밥을 담아 오면 어머니께서 아주 호 되게 꾸짖었습니다. 왜 밥을 그 모양으로 담느냐, 손에 물 묻혀 가에 있는 밥 가운데로 모아 제대로 모양을 내서 가져 오너라. 어머니께서는 여자도 자기 밥을 반듯하게 담아서 먹으라고 하셨습니다.

어머니께서는 모양새와 맵시, 식탁의 청결을 중시하셨습 니다. 어머니께서는 겨울을 제외하고는 넓은 마당에서 피 는 제철 꽃을 병에 꽂아 큰방 경대 위나 아이들 책상 위에 얹어두곤 하셨습니다. 그래서 우리 집은 부자였다고 말하 는 것입니다. 이제 아이들이 밥 달라고 할 때 밥을 볶은 후

프라이팬째로 주며 다 먹고 난 뒤 싱크대에 넣고 물 부어 놓으라고 하지 마십시오. 예쁘게 모양을 내서 접시에 담아 주세요." 모두가 고개를 끄덕였다. "앞의 세 가지 질문은 미국의 교육자 루비 페인이 쓴 『계층이동의 사다리』에 나옵니다. 그녀는 사람이 가질 수 있는 자원은 여러 종류가 있다고 말합니다.

재정적 자원(물건과 서비스를 사는 데 필요한 돈), 정서적 자원(정서적 반응을 선택하고 통제하는 힘, 특히 부정적인 상황에 맞닥뜨렸을 때 자기 파괴적인 행동에 빠지지 않는 것 등), 지적 자원(일상생활에 필요한 지적 능력과 기술, 읽기, 쓰기, 계산하기 등이 포함), 영적 자원(신을 믿는 것), 신체적 자원(신체의 건강과 활동력), 지원 시스템(필요할 때 도움이 되는 대체 자원, 친구와 가족 등을 의미, 외적 자원에 해당), 관계·역할 모델(아이에게 도움이 되고 자기 파괴적인 행동에 빠지지 않는 어른과 자주 만날 수 있는가), 불문율 지식(집단의 암묵적 신호와 관습을 이해하는가) 등이 그녀가 제시하는 다양한 종류의 자원입니다.

오늘날은 돈이 있고 없고, 다시 말해 '재정적 자원'만 보고 부자와 가난한 자를 구분합니다. 루비 페인은 위에 언급된 모든 항목을 종합적으로 고려하여 상대적으로 부족한 경우를 가난이라고 말합니다. 옛날에는 '재정적 자원'인돈은 없어도 '정서적 자원' 은 매우 풍부했지요. 또한 '지원 시스템' 이나 '관계·역할 모델' 측면에서도 비교적 부유했다고 말할 수 있습니다.

대부분 가정에서 아이들이 어릴 때 집안에는 조부모 중 한 분은 계셨지요. 온 동네 사람들이 자기 집 아이뿐만 아니라 동네 아이 모두에게 관심을 가지고 잘못된 언행은 지적하며 고쳐주었고, 잘하는 행동은 마을 사람 모두가 칭찬해 주었습니다. 또래 친구나 형, 누나도 언제나 상담자 역할을 해 주었지요. 배고프고 가난했지만 그 시절이 좋았다고 하는 말을 자주 들었을 것입니다.

그 말은 주변 환경이 정서적으로 안정감을 주었고, 가난 속에서도 배려, 연민, 상부상조, 효, 의리, 우애 등의 덕목이 우리를 에워싸고 있었기 때문에 가난을 함께 이겨낼 수 있었다는 뜻입니다. 돈은 없었지만 나머지 부분에서는 부자였다는 말이지요."

강의를 마치자 여러 명이 다가와서 정말 오늘 깨친 것이 많다고 했다. 「어머니와 소풍」이 슬프지만 진한 감동으로 다가왔다며 아이들을 어떻게 키워야 할지 영감을 받은 것 같다고 했다. 시 한 편이 부모 자녀 간의 관계, 자녀 교육 등에 대해 많은 것을 생각하게 해 준다고 했다.

대구대학교에서 열린 경상북도 진로 담당 교사 300여 명 연수에서도 이 이야기를 했는데, 강의를 마치자 여교사 한 명이 다가와서 깔깔 웃으며 말했다. "저는 초중고에 다니는 사내애만 셋인데 우리 집은 극빈층입니다. 우리 아이들은 먹어도 먹어도 끝이 없습니다." 그러고는 갑자기 눈물을 주르르 흘렸다. 돌아가신 어머니 생각에 너무 가슴이 아프다고 했다.

나는 그 이후 중고등학교 학생들에게 부모와 자식 간의 바람직한 관계 등을 말할 때 「어머니와 소풍」을 읽어주고 이야기를 전개하곤 한다. 지금 아이들이 이해하기 어려운 아주 다른 환경에서 나온 시다. 그런데도 아이들은 깊이 공감하며 일부는 강의가 끝난 뒤 찾아와 감사의 인사를 하기도 한다.

장마철

학부모역량교육을 할 때, 요즘 아이들이 버릇없고, 이기적이고, 즉흥적이고, 무엇을 깊이 있게 생각하지 않는 경향이 있다면 그것은 아이들의 잘못이 아니고 부모가 그렇게 만든 것이라고 말한다. 아이들을 너무 몰아붙이지 말고 부모의 어린 시절과 학창 시절을 돌이켜보고 아이들이 스스로 하고 싶은 일을 할 수 있도록 시간적인 여유를 주라고 말하며 이야기를 시작한다.

"현대인의 시간관념은 극단의 정점에 이르렀다고 말할 수 있습니다. 복잡한 현대 생활은 분과 초를 다투며 바쁘게 돌아갑니다. 누군가와 약속하여 기다릴 때, 상대방이 정한 시간에 나타나지 않으면, 기다리는 사람은 일종의 심리적 고문을 당한다고 생각합니다. 깨어있는 시간 동안 우리는 일이나 오락 등 무엇인가에 몰두해야 합니다. 우리는 아무 일도 하지 않는 무위의 시간을 견디지 못합니다.

현대인의 민감한 시간관념은 톱니바퀴의 회전과 디지털 계기판이 만들어 내는 인위적인 시간에 바탕을 두고 있습니다. 우리는 태양과 달, 별이 만들어 내는 자연적인 우주의 시간을 일상생활에서 거의 의식하지 못하고 있습니다. 지금도 산업사회 이전 단계에 사는 사람들은 계절의 순환, 일출, 일몰 등에 민감합니다.

이제 도시인들은 교외로 나가지 않으면 계절의 변화조차 의식하지 못하게 됩니다. 한때 꿈과 동경의 대상이던 별을 이제 도시 아이들은 잘 볼 수가 없습니다. 큰 건물의 대형 네온사인이 밤하늘의 별을 대신하고, 사람들은 인공적인 불빛을 보며 밤길을 찾습니다.

도시 생활에서 우리가 누리는 것은 무엇이며, 잃어버린 것은 무엇입니까? 갈수록 심각해지고 있는 교내 폭력 문제도 이런 도시 생활과 깊은 관련이 있다고 합니다. 빌딩의 숲에 가려 불타는 노을을 볼 수 없는 아이들, 별을 보며 대자연의 신비와 경이를 맛보지 못하는 아이들, 모든 즐거움을 돈으로만 얻으려고 하는 아이들, 누가 이들을 이렇게 만들었습니까? 주기적으로 아이들에게 자연을 느끼게 해주어야 합니다. 자연을 느끼고 사랑하는 아이들은 난폭하지 않습니다.

요즈음 청소년들, 특히 도시 학생들의 정서 불안과 폭력성은 학교 건물과도 관련이 있다는 연구 논문이 나온 적이 있습니다. 예전의 교사校舍는 대개가 목조였고 지붕도 양철이 많았습니다. 이런 건물에서는 바람 소리, 벌레 소리, 비 오는 소리가 그대로 교실로 들어올 수 있어 학생들의 정서 순화에 큰 도움이 되었습니다. 오늘의 철근 콘크리트 건물은 모든 자연의 소리를 차단하여 풍경을 삭막하게 만들고 학생들의 성정을 거칠게 만듭니다. 자율학습 등으로 답답한 실내에 오래 갇혀있어야 하는 우리 젊은이들의 처지는 딱하기 그지없습니다.

요즘은 지구 이상 기후 때문에 우리나라에 장마철 자체

가 사라지고 있습니다. 예전에는 비 오는 날이면 열린 듯 닫힌 문으로 하염없이 쏟아지는 빗줄기를 바라보며 깊은 상념에 잠기거나 애수에 젖기도 했지요. 고층 콘크리트 건물에서는 빗소리를 들을 수 없습니다. 우리는 물질문명이 주는 풍요 속에서 무엇을 얻고 무엇을 잃었는지 생각해 보아야 합니다.

밤새 퍼부은 비로
학교 앞 샛강 넘치는 날은
학교에 가지 않아도
결석으로 처리되지 않았다
그런 날은
누나를 졸라서
사카린 물 풀어먹인
밀이나 콩 볶아
어금니 아프도록 씹으며
주룩주룩 쏟아지는 비를 바라보거나
배 깔고 엎디어 만화책을 볼 때면
눅눅하고 답답한 여름 장마도
철부지 우리에겐 즐겁기만 했고
아버지 수심에 찬 주름진 얼굴도

돌아서면 우리와 상관없는 일이라
형과 나는 은밀한 눈빛으로
내일도 모레도 계속 비가 내려
우리 집만 떠내려가지 말고
샛강 물은 줄지 않기를
낄낄거리며 속삭이곤 했다

어른이 된 지금도
간절히 쉬고 싶을 때는
샛강 넘치는 꿈을 꾼다

- 졸시 「장마철」 전문

    우리 어린 시절, 장마철은 이러했습니다. 전력 사정이 좋지 않던 시절, 공부하기 싫을 때 정전이 되면 좋겠다고 생각해 본 적이 있는가요. 요즈음 아이들은 일주일 내내 한 치의 빈틈도 없이 부모가 짜 준 프로그램대로 움직여야 합니다. 우리 아이들에겐 학교 앞 샛강 넘치는 일도, 정전도 없습니다. 여유가 없으면 모든 것이 각박해질 수밖에 없습니다."

    강연 후 여러 사람이 찾아와 '샛강 넘치는 일'이나 '정전'에 해당하는 일을 일부러라도 만들어 아이들에게 숨 돌릴 여유를 주겠다고 말했다.

왜 시를 읽고 써야 하나

이것만은 남에게 배울 수 없는 것이며, 천재의 표상이다. 왜냐
하면 은유에 능하다는 것은 서로 다른 사물들의 유사성을 재빨리
간파할 수 있다는 것을 뜻하기 때문이다.

— 아리스토텔레스, 『시학』 22장

영화 〈죽은 시인의 사회〉에 나오는 고교는 아이비리그
진학률 70% 이상을 자랑하는 입시사관학교다. 1950년대의
그 학교 이야기가 오늘 우리에게 그대로 적용된다. 아버지
가 아들에게 강요하는 "넌 하버드에 들어가서 의사가 되어
야 해, 의대를 졸업하게 되면 그땐 네 마음대로 해."와 같은
대사는 "명문대만 입학하면 모든 것 네 멋대로 해라."라고
말하는 우리 부모들을 떠올리게 한다. 이런 학교에 발을 디
딘 신임 교사 존 키팅은 첫 수업 시간에 학생들을 향해 '현
재를 즐겨라(Carpe Diem)'라고 가르친다. 그는 책상 위에 올
라가서 "내가 왜 이 위에 섰을까? 이 위에서는 세상이 무척

다르게 보이지. 잘 알고 있는 것이라도 다른 시각에서 보아라. 틀리거나 바보 같아도 반드시 해 보라."라고 가르친다. 그는 학생들에게 "말과 언어는 세상을 바꿔놓을 수 있다. 시가 아름다워서 읽고 쓰는 것이 아니고, 우리가 인류의 일원이기 때문에 읽고 쓴다."라고 말한다. 그는 "시와 미, 낭만, 사랑은 삶의 목적이다."라고 강조한다. 이 대사 역시 오늘과 내일의 우리에게 그대로 적용된다. 의사, 판검사, 교수, 교사, 공무원, 과학자, 기술자, 사업가 등의 직업은 삶의 목적이 아니고, 삶을 영위하기 위한 수단에 불과하다.

시는 메타포(metaphor, 은유)의 문학이다. 은유는 모든 창조적 사고와 생각의 도구다. 은유가 없다면 인간의 모든 예술과 학문은 거의 불가능하다. G. 레이코프와 M. 존슨은 『삶으로서의 은유』에서 "은유 없이 직접적으로 이해되는 개념이 하나라도 있는가?"라고 묻는다.

아리스토텔레스는 은유에 능하다는 것은 천재만이 가질 수 있는 정신적 특성이라고 말했다. 진리와 사물의 본성은 은유라는 옷을 입고 나서야 우리에게 파악된다. 『생각의 시대』를 쓴 인문학자 김용규는 "은유는 유사성을 통해 '보편성'을, 비유사성을 통해 '창의성'을 드러내는 천재적인 생각의 도구다."라고 설명한다.

이 시대가 요구하는 감성, 창의력, 상상력 등을 배양하기 위해서는 시를 읽고 쓰는 것보다 더 좋은 방법은 없다. 조만간 맞이하게 될 노동 없는 시대 또는 노동 시간이 획기적으로 단축되는 시대에 의미 있고, 가치 있고, 재미있고, 창조적인 삶을 살길 원한다면 청소년기에, 아니 인생의 어느 시기든 상관없이, 반드시 시를 읽고 쓰는 훈련을 해야 한다.

참고한 책

· 아리스토텔레스, 천병희 옮김, 『정치학』, 도서출판 숲, 2017 외 다른 역자본 참조.
· 아리스토텔레스, 천병희 옮김, 『시학』, 문예출판사, 2015 외 다른 역자본 참조.
· 토드 부크홀츠, 박세연 옮김, 『다시, 국가를 생각하다』, 21세기북스, 2017.
· 뤼트허르 브레흐만, 안기순 옮김, 『리얼리스트를 위한 유토피아 플랜』, 김영사, 2017.
· 유웅환, 『사람을 위한 대한민국 4차 산업혁명을 생각하다』, 비즈니스맵, 2017.
· 윤일현, 시집 『낙동강』, 도서출판 사람, 1994.
· 윤일현, 교육평론집 『부모의 생각이 바뀌면 자녀의 미래가 달라진다』, 학이사, 2009.
· 루비 페인, 김우열 옮김, 『계층이동의 사다리』, 황금사자, 2011.
· 김용규, 『생각의 시대』, 살림, 2014.
· G. 레이코프, M. 존슨, 노양진, 나익주 옮김, 『삶으로서의 은유』, 박이정, 2016.

낯설게 하기와 창의력 배양, 시와 메타포

당신이 단 하나의 생각만 가지고 있을 때가 가장 위험하다.

- 에밀 샤르티에

"준비, 출발!" 60여 명이 일제히 운동장 한쪽 끝 느티나무를 향해 전력 질주한다. 맨 뒤편 아이들이 선두를 향해 고함을 지른다. "야, 좀 천천히 뛰자!" 발소리, 거친 숨소리, 와자지껄한 소음 때문에 맨 앞의 아이들에겐 그 말이 들리지 않는다. 잠시 후 선두는 느티나무를 돌아 출발점을 향해 돌아오는데 후미 그룹은 아직 반환점을 향해 뛰고 있다. 짧은 순간이지만 선두와 후미가 서로 마주 보고 달린다. 득의양양한 눈빛과 원망의 시선이 마주친다.

　누구의 탓도 잘못도 아니다. 너와 나, 둘 다 경주 방식을 선택하거나 결정할 수 없기 때문이다. 아이들이 서로 약속한 후 다 같이 천천히 달려 보기도 했다. 교사는 그런 담합을 명령에 불복하는 반항으로 간주하고 불같이 화를 내며 우리 모두에게 운동장을 스무 바퀴 돌게 한 적도 있다. 어쩔 수 없다. 무슨 일이든 어차피 순위는 매겨지게 마련이다.

　드디어 마지막 아이가 숨을 할딱이며 들어온다. 교사는 절반만 남기고 나머지는 다시 느티나무까지 왕복 달리기를 시킨다. 보통 서너 번, 교사의 기분에 따라 다섯 번 이상 반

복한 적도 있다. 꼴찌 그룹 아이들은 탈진한다. 하늘이 노
랗고 토할 것 같다.

선착순 달리기

　　　　　군사문화가 사회생활 전반에 깊숙
이 침투해 있던 시절, 학교에서도 군대식 체벌이 유행했다.
'선착순 달리기'는 사람마다 서로 비슷하면서도 다른 방식
으로 기억된다. 체육, 교련, 국기 하강식, 조회 등의 시간에
집합이 늦을 때마다 우리는 진 빠지는 달리기를 각오해야
했다. 간혹 교사가 육성회 이사나 유력 인사 아이에게 "너
오늘 아프다고 했지, 저쪽에 앉아 있어."라고 말하는 속 보
이는 열외도 있었지만, 대개 선착순은 교사의 사적인 감정
이 개입될 소지가 없어 공정한 체벌이었다. 선착순 달리기
는 체력단련을 병행한다는 명분도 있어 체벌에 대한 불만
을 희석했다.
　아이들은 선착순 달리기를 통해 부지불식간에 세상을
살아가는 요령을 터득했다. 너무 빨리 달리면 다른 사람들
로부터 질시와 원망의 대상이 될 수 있고, 너무 늦게 달리

면 힘겨운 고통을 반복해야 했다. 아이들은 그런 과정을 통해 적당주의와 중용의 미덕을 온몸으로 체득했다. 선착순 달리기는 무리의 한가운데 파묻히는 것이 얼마나 안전한 일인가를 가르쳐 주었다.

선착순 달리기는 달리기에 소질이 있는 아이나 체력이 좋은 아이들에겐 언제나 환영받는 벌이었다. 약골이나 달리기를 못하는 아이들에겐 시시포스의 형벌이었다. 선착순 달리기에서 후미 그룹은 항상 선두 그룹의 기쁨조 역할을 했다. 컷을 통과한 아이들은 편안히 쉬면서 다시 뛰는 친구들을 지켜보며 승자의 기쁨을 만끽했다. 후미 그룹은 언제나 신체적, 정신적 열등감을 느껴야 했다. 달리기에 소질이 없다고 다른 벌을 요구할 수 없었다. 그런 말을 하면 교사를 더욱 화나게 하여 다른 체벌이 추가될 수도 있었다.

절벽을 향해 달리는
아메리카 들소

'선착순 달리기'는 고도성장기 우리 사회의 한 단면을 보여준다. 기능공적 지식인을 양산해야 하던 시기에는 집단의 모든 사람이 한 가지 목표를 향해 뛰었고 일정 순위 안에 들고 나면 편안하게 휴식을 취할 수 있었다. 명문대 입학시험, 의사 국가시험, 각종 고시 등에 일단 합격하고 나면 평생 기득권이 보장되었다.

1등에게 보다 많은 영광과 찬사가 돌아갔지만, 1등이 아니라도 일정 순위 안에 들면 꽤 괜찮은 대우를 받으며 안정된 삶을 향유할 수 있었다. 그 시절에는 첫 번째 달리기에서 컷 등수에 못 들어도 한두 번 더 뛰면 안식을 얻을 수 있는 순위 안에 들 수 있었다. 일단 명문대에 입학하기만 하면 졸업과 동시에 평생 엄청난 특혜를 누릴 수 있었다.

당시 대학 입시는 100m 달리기와 같았다. 한 번의 전력 질주로 결승선을 통과하고 나면 평생 주저앉아 있어도 기본적인 혜택은 보장되었다. 지방 대학을 졸업해도 일자리는 있었다.

이제 모든 것이 달라졌다. 곳곳에서 1등만 살아남는 세상이라고 외친다. 최고 명문대 인기 학과 출신도 취직이 어렵다. 선착순 달리기가 유행하던 시절에는 처음에는 절반, 그다음 번에는 나머지의 절반, 이렇게 순차적으로 구제받았지만, 이제 맨 선두의 극소수를 제외하고는 구제될 가능성이 별로 없다.

그런데도 우리는 선착순 달리기가 유행하던 시절의 사고 관행에서 완전히 벗어나지 못하고 있다. 일부 직종은 아직도 선착순 달리기 룰이 적용된다. 공무원, 교사, 공기업과 같은 철밥통 직종은 일정 등수 안에 들면 된다. 9급 공무원 5천여 명을 뽑는데 20만 명 이상이 지원했다. 모두가 달리지만 절대다수가 탈락한다. 1년을 준비하고 다시 달려도 뽑는 인원수가 워낙 적어 응시자 대부분은 등수 안에 들지 못한다.

다람쥐 쳇바퀴 돌리듯 시시포스가 돌을 밀어 올리듯 아무리 달리고 용써도 안식과 휴식의 시간은 오지 않는다. 몇 년 힘을 빼고 나면 상당수는 전의를 상실하게 되고, 일부는 삶에 대한 의욕조차 잃어버리고 자폐적인 생활로 들어간다.

정말 달라져야 한다. 선착순 달리기를 할 때, 달리기에 소질이 없고 뛸 때마다 꼴찌를 한다면 다른 벌을 받겠다고 말할 수 있어야 한다. 설혹 선생님께 꾸중을 듣고 가중 처벌을 받더라도 안 되는 달리기에 힘을 낭비하지 말고 다른 종목을 허락해 달라고 말해야 한다. 이제 인기 있는 몇몇 직종을 향해 모두가 한 방향으로 뛰던 시대가 급속하게 저물고 있다. 그런데도 우리의 생각과 교육은 아직도 선착순 달리기에 집착한다.

아메리카 들소는 무리를 지어 다닌다. 서로 뭉쳐 있으면 외부 적으로부터 자신을 훨씬 효율적으로 보호할 수 있기 때문이다. 인디언들은 들소를 사냥할 때 이 습성을 이용한다. 그들은 어떤 들소를 특정하여 쫓기보다는 그냥 모두를 절벽 쪽으로 몰아붙인다. 들소의 눈은 양옆에 붙어있다. 그들은 달릴 때 정면을 주시하는 것이 아니라 앞에 가는 동료의 꼬리만 보고 머리를 숙인 채 달린다. 선두가 절벽을 발견했을 때는 이미 늦다. 뒤에서 달려오는 무리에 떠밀려 떨어질 수밖에 없다. 우리 교육도 이와 비슷하다.

우리는 모든 학생에게 절벽을 향해 뛰라고 몰아붙인다. 낭떠러지 입구에 다다랐을 때, 하늘로 비상할 수 있는 초능력을 가졌거나, 부모로부터 날개를 물려받은 극소수만 살아남고 나머지는 몰살당할 수 있다. 이게 냉혹한 현실이다. 아직도 달리기 잘하는 아이가 다른 운동도 잘할 가능성이 높다고 생각한다. 대개는 그렇다. 그러나 새로운 직종이 많이 생겨나면서 그렇지 않은 경우도 많다.

대학도 내신 성적과 수능점수 높은 아이만 뽑으려고 한다. 다른 능력을 갖춘 학생도 뽑겠다고 하지만 그냥 시늉만한다. 입버릇처럼 다양성과 창의성을 강조하는 교수들 상당

수도 수능점수와 내신 성적 좋은 학생이 대학에 와서도 공부를 잘하리라 생각한다. 기능공적인 지식인을 양산해야 하던 시절에는 그 방법이 시간과 경비를 절약하게 해 주었다.

지금은 문제 해결 능력과 혁신적 사고, 상상력과 창의력이 생존 수단이 되는 시대다. 지금까지는 대학이 학생을 받아 어떻게 교육하겠다는 비전을 분명하게 제시하지 않아도 학생이 왔다. 나는 오래전부터 고난의 시간이 곧 닥친다는 사실을 강조했다. 대부분 지방대학이 2021학년도 신입생을 다 뽑지 못했다. 이제 경쟁력이 없는 대학은 설 자리가 없어질 것이다.

현재 우리 사회는 일자리를 구하지 못해 절망감과 무력감에 빠진 청년들에게 아무런 대책도 제시하지 않고 그냥 각자도생하라고 몰아붙인다. 과거와 달리 지금은 비슷한 학점, 비슷한 스펙으로는 원하는 일자리를 얻을 수 없다. 기업은 특정 분야에 특별한 재능을 가진 사람을 선발하고 싶어 한다. 이제 개인의 적성과 소질을 살려, 잘할 수 있는 종목을 특화해야 한다.

그런데도 우리는 모두 절벽을 향해 뛰고 있다. 경제 발전이 급속도로 진행되던 산업사회에서는 논 팔고 소 팔아 공부시켜도 부모는 보람을 느낄 수 있었다. 자식들이 졸업과 동시에 취직이 되었고 부모보다는 질 높은 삶을 살 수 있었기 때문이다. 이제 대학은 '가장 확실한 가정 파괴범' 이다.

대학에 들어갈 때까지 온 가족이 골병들고, 졸업 후 일자리를 구하지 못하니, 한 가정을 이보다 더 힘들게 하는 일이 있을 수 있겠는가. 이런 현상이 지속되다 보니 대학에 대한 생각도 달라지고 진학률도 떨어지고 있다. 오랜 기간 동안 고교 졸업생의 80% 이상이 대학에 갔지만, 2016년을 기점으로 진학률은 70% 밑으로 떨어졌다. 이제 전국 대학의 신입생 모집 정원이 고교 졸업생 수보다 많다. 대학에 입학하는 것만으로 많은 것이 해결되던 시대는 지나갔다. 어디에도 탄탄대로는 없다. 아무 생각 없이 남들과 같은 방향으로 걸어가서는 안 된다.

여름에는 산으로
겨울에는 바다로

선착순 달리기를 할 때 간혹 별종이 있다. 모두가 사생결단으로 달리는데 한두 녀석은 처음부터 전력 질주를 하지 않는다. 아무리 용써도 어차피 꼴찌

할 거니까 그렇게 한다. 휴식할 수 있는 순위 안에 들지도 못하면서 몇 번의 전력 질주로 힘을 빼고 나면 온종일 아무 일도 못 한다. 따귀를 몇 대 맞더라도 자기 페이스로 달려 힘을 비축하면 다른 일에 집중할 수 있다.

　한참 세월이 지나고 보면 이런 친구들이 어떤 특별한 분야에서 크게 성공했다는 사실을 확인하게 된다. 아니다 싶으면 다른 길을 찾는 것이 용기고 지혜다. 우리는 초중고 시절 전 과목 석차 경쟁에 온 힘을 쏟아붓는다. 주요 교과 경쟁에서 후미 그룹으로 밀리면 스스로 루저라고 생각한다. 다른 것은 생각할 겨를도 힘도 없다. '이게 아니구나.' 하며 정신을 차릴 때쯤이면 이미 모든 기력이 소진되고 없다.

　우리는 아침부터 밤늦게까지 모두를 한 교실에 몰아넣고 수학 100점을 위해 공부하라고 몰아붙인다. 여기에 문제가 있다. 드럼 잘 치는 학생은 정규수업만 받고 바로 재즈 학원에 보내 드럼 연습에 힘을 집중하게 해야 한다. 드럼 잘 치는 것이 본인도 즐겁고 남에게도 기쁨을 줄 것이기 때문이다. 수학 잘하는 학생은 더욱더 어려운 과제를 주어 수학적 재능과 능력을 최대한 계발하게 해야 한다. 문제는 수학 잘하는 학생은 모범생이고 드럼 잘 치는 학생은 불량기가 있다고 생각하는 것이다.

여름 휴가철만 되면 전국의 강과 바다는 몸살을 앓는다. 모두가 그곳으로만 몰려들기 때문이다. 예나 지금이나 현명하고 지혜롭고 다소 약삭빠른 사람들은 여름에는 산으로 가고 겨울에는 바다로 간다. 사람들이 많이 움직이는 방향과 반대로 갈 때, 훨씬 많은 것을 향유할 수 있고 제대로 된 휴식을 취할 수 있기 때문이다. 별생각 없는 다수의 사람과는 다르게 세상을 바라보는 눈이 필요하다. 이제 학생마다 뛰는 방향이 다르고 목표지점이 달라야 한다.

나심 니콜라스 탈레브는 『블랙 스완』 프롤로그에서 "서구인이 오스트레일리아 대륙을 발견하기 전까지 구세계 사람들은 모든 백조는 흰 새임을 믿어 의심치 않았다. 이것은 경험적 증거에 의해 뒷받침된 난공불락의 신념이었다. 그런데 검은 백조 한 마리가 두어 명의 조류학자(그것도 새의 깃털 색깔에 특별한 관심을 두고 있던 조류학자) 앞에 홀연히 나타났으니 얼마나 흥미롭고 놀라웠을까. 이 사건에는 조류학 이상의 의미가 담겨 있다. 이것은 관찰과 경험에 근거한 학습이 얼마나 제한적인지, 우리의 지식이 얼마나 허약한 것인지를 극명하게 보여준다. 수천 년 동안 수백만 마리가 넘는 흰 백조를 보고 또 보면서 견고히 다져진 정설이 백조 한 마리 앞에서 무너져 버린 것이다.(증언에 따르면 못생기기 짝이 없었다는) 검은 백조 딱 한 마리로 충분했다."라고 말한다. 검은 백조 한 마리가 난공불락의 신념이나 이데올로기, 가치관 등을 한순간에 무너뜨릴 수 있다.

2016년 이세돌과 알파고의 대국은 4차 산업혁명에 관한 우리의 관심을 드높였다. 지금 사람들이 모이는 거의 모든 곳에서 4차 산업혁명은 약방의 감초처럼 언급된다. 전 세계에서 우리만큼 4차 산업혁명에 대해 많이 이야기하는 나라도 없고, 우리만큼 아무 대책 없는 나라도 드물 것이다. 머지않은 장래에 《포춘지》가 선정한 500대 기업 중 70%는 사라질 것이라는 전망도 나온다. 삼성, 현대, 엘지, GE, 월마트, 포드 같은 대기업도 앞을 장담할 수 없고, 애플이나 구글도 미래를 고민하지 않을 수 없다고 한다.

어릴 때부터 코딩 교육을 하고 3D 프린트를 보여주며 로봇을 만들어보게 하라고 한다. AI로 데이터를 분석하는 법도 가르치고 일찍부터 기업가 정신을 가르치라고 한다. 모두를 한 방향으로만 달리게 해서는 안 되고 밤낮으로 외우고 문제 푸는 공부만 시켜서도 안 된다고 말한다.

앞으로는 의대를 가서 의사가 되는 사람도 있겠지만 공대를 나와 디지털 의사가 되는 사람도 나올 수 있다. 창의적 사고란 같은 대상에서 남이 보지 못한 것을 찾아내고, 남과 다르게 생각하는 것이다. 무리를 지어 같은 방향으로 가야 할 때도 많겠지만, 어느 시점에서는 서로 다른 방향으로 뛰어야 한다.

생각의 도구이자 근간인
메타포, 낯설게 하기

우리는 국어 시간에 메타포(metaphor, 은유)란 'A는 B다'로 표현되는 비유법이라고 배웠다. 메타포(metaphor, 은유)는 그리스어 '메타meta'와 '퍼라인pherein'의 합성어다. '메타'는 '그 위에, 그 후에, 그것을 초월하여' 등의 뜻을 가지며, '퍼라인'은 '운반하다'라는 뜻이다. 두 단어를 합치면 '어떤 것 위에다 운반하여 준다, 그것을 초월하여 날라다 준다'는 의미가 된다. 따라서 '메타퍼라인'은 '어떤 말을 통상적인 의미의 말에서 다른 뜻을 가진 의미의 말로 옮겨 가는' 것이다.

입술이 유난히 아름답고 매력적일 때, '그녀의 입술이 앵두 같다'고 말한다. 그 표현은 A(입술)=B(앵두)라는 은유에서 파생된 직유다. 직유나 제유, 환유 등은 넓은 의미에서

다 은유라고 할 수 있다. '입술이 붉고 아름답다'는 평범한 표현이 앵두가 들어오면서 '그 입술은 잘 익은 앵두처럼 탄력적이고 촉감이 좋을 뿐만 아니라 달콤하기까지 할 것'이란 의미로 발전한다.

　유능한 시인이란 메타포 구사 능력이 탁월한 사람이고, 좋은 시는 시적 오브제(objet, 미를 표현하는 소재로서의 대상을 의미하는 불어)가 탁월한 메타포로 표현되어야 한다. 시 쓰기는 '낯설게 하기'를 통해 일상과 상식에서 벗어나는 것이다. 시인은 새로운 메타포로 독자가 무릎을 치며 감탄하게 하고 감동하게 하면서 잠자는 의식을 일깨워 준다. 한 줄의 탁월한 메타포는 엄청난 부를 가져다줄 수 있다. 우리는 잘 만든 광고 카피 한 줄이 한 기업을 살리는 사례를 수없이 보고 있다. '낯설게 하기'에 의한 '스토리텔링' 또한 엄청난 부를 생산할 수 있다.

　아리스토텔레스는 『시학』에서 은유란 "어떤 것에다 다른 낯선 어떤 것에 속하는 이름을 옮겨 놓는 것"이라고 정의했다. 레이코프와 존스는 『삶으로서의 은유』에서 "은유의 본질은 한 종류의 사물을 다른 종류의 사물의 관점에서 (in terms of) 이해하고 경험하는 것이다."라고 했다. 레이코프와 존슨은 '시간은 돈이다' 같은 표현을 '1차적 은유'

라고 부른다.

레이코프와 존스는 우리의 사고와 언어, 행동은 1차적
은유에서 파생되는 것들이 많다는 다양한 예를 보여준다.
이 책에 나오는 몇 가지 예문들을 살펴보자.

TIME IS MONEY

You are **wasting** my time.

This gadget will **save** you hour.

I've **invested** a lot of time in her.

I **lost** a lot of time when I got sick.

시간은 돈

너는 나의 시간을 **낭비하고** 있다.

이 장치는 네 시간을 **절약해 줄** 것이다.

나는 그녀에게 많은 시간을 **투자했다**.

나는 아팠을 때 많은 시간을 **빼앗겼다**.

HAPPY IS UP; SAD IS DOWN

I'm feeling **up**.

I'm feeling **down**.

You're in **high** spirits.

My spirits **sank**.

행복은 위, 슬픔은 아래

나는 기분이 **들떠** 있다.

나는 기분이 **가라앉아** 있다.

너는 사기가 **높다**.

나는 의욕이 **떨어졌다**.

CONSCIOUS IS UP; UNCONSCIOUS IS DOWN

Get **up**.

Wake **up**.

He's **under** hypnosis.

He **sank** into a coma.

의식은 위, 무의식은 아래

일어나라

깨어나라

그는 최면에 **걸려** 있다.

그는 혼수상태에 **빠졌다.**

LOVE IS A JOURNEY

We're at a **crossroads.**

We'll just have to **go our separate ways.**

We can't **turn back now.**

We've gotten **off the track.**

사랑은 여행

우리는 **기로에** 서 있다.

우리는 그저 **각자의 길을 가야** 해.

우리는 **이제 되돌아갈** 수 없다.

우리는 **궤도를 벗어났다.**

LOVE IS A PATIENT

There is a **sick** relationship.

The marriage is **dead** - it can't be **revived.**

Their relationship is **in really good shape**.

We're getting **back on our feet**.

사랑은 환자

병적인 관계가 존재한다.

그 결혼은 **끝났다**.- 다시 **소생할** 수 없다.

그들의 관계는 **아주 좋은 상태**이다.

우리는 **다시 일어서고** 있다.

IDEAS ARE PLANTS

His ideas have finally come to **fruition**.

That idea **died on the vine**.

Mathematics has many **branches**.

He has a **barren** mind.

아이디어는 식물

그의 아이디어가 마침내 **결실**을 맺었다.

그 아이디어는 **피어나지도 못했다.**

수학에는 많은 **분과**가 있다.

그는 생각이 **없다**.

'시간은 돈', '행복은 위, 슬픔은 아래', '의식은 위, 무의식은 아래', '사랑은 여행', '사랑은 환자', '아이디어는 식물' 같은 일차적 은유에서 무수한 다른 문장들이 파생될 수 있음을 알 수 있다. 레이코프와 존스는 "은유 없이 직접적으로 이해되는 개념이 하나라도 있는가?"라고 묻는다. 은유는 생각의 도구이자 근간이라는 것이다. 레이코프와 존스는 『몸의 철학』에서 "일상적인 경험을 통하여 필연적으로 생겨나는 정신적 코드인 일차적 은유는 수백 개가 있으며, 그것들이 다양한 언어적 표현으로 나타나 우리의 일상적 사고와 언어 그리고 사회·문화적 행위들의 거의 모든 것을 구성한다."라고 말한다.

김용규는 『생각의 시대』에서 셰익스피어의 『루크리스의 겁탈』에 나오는 '시간은 민첩하고 교활한 파발마'라는 구절로 은유를 알기 쉽게 설명한다. 은유의 본질은 원관념과 보조관념 사이의 유사성이다. '시간'이라는 원관념과 '파발마'라는 보조관념은 '빠르다'는 유사성을 가지고 있다.

그런데 은유는 유사성만으로 충족되지 않는다. 아리스

토텔레스는 은유를 설명하며 '어떤 것에다 다른 낯선 어떤 것'이라는 표현을 썼는데, 이때 그가 말한 '낯선(allotrios)'이라는 단어는 '일상(kyrion)에서 벗어남', '다른 사실을 나타냄'이라는 뜻을 가진다. 은유는 보조관념에 원관념이 갖고 있지 않은 비유사성, 곧 어떤 '낯선' 것이 필히 들어 있어야 한다는 말이다. 보조관념(파발마)에는 전혀 낯선 '소식을 전한다.'라는 비유사성이 함께 들어 있다. 이 '낯선' 것 때문에 '시간은 민첩하고 교활하게 소문을 전한다(퍼뜨린다).'라는 새로운 의미가 창조되는 것이다.

좋은 은유를 통한 '새로운 의미의 창조'가 우리를 새로운 사고와 언어의 세계로 이끈다. 유사성과 비유사성은 은유를 떠받치는 두 개의 기둥이다. 진리는 은유의 옷을 입고 우리에게 파악된다. 학문도 은유를 통해 보편성을 밝혀내는 것이다.

아이가 말을 배우기 시작할 무렵부터 부모가 은유적 표현에 신경을 쓴다면 자녀를 창의력이 탁월한 아이로 기를 수 있다. 어린 시절 아이들은 은유에 의해, 은유를 통해서 논다. 소꿉놀이할 때, 크고 작은 모든 돌은 살림 도구가 된다. 돌의 크기와 모양에 따라 밥그릇, 접시, 상이 된다. 작은 모래는 밥이나 쌀이 된다. 붉은 벽돌 조각은 빻아서 고춧가

루로 만든다. 긴 노끈은 묶어 기차로, 고무신은 접어 자동차로 만든다.

이 세상 모든 만물은 유사성과 비유사성을 가진다. 서로 다른 사물끼리 연결하여 유사성을 찾는 놀이를 잘하면 두 사물이 가지는 비유사성을 통해 그 사물이 가지는 의미를 확장하게 되며, 그런 과정의 반복을 통해 사고력과 창의력은 성장한다.

아이가 어떤 대상을 두고 상식 밖의 엉뚱한 이야기를 할 때 귀담아듣고, 그 놀라운 표현들에 주목하며 칭찬해 줄 수 있는 부모가 창의력 있는 아이를 길러낸다. 학년이 높아질수록 부모는 모두가 인정하는 합리적이고 보편적인 지식과 정보만 받아들이도록 강요한다. 그게 바로 내 아이를 낙떠러지로 내모는 것이다.

상상력과 창의력을 배양하기 위해서는 어린이의 속성과 동심을 그대로 유지할 수 있도록 도와주어야 한다. 영어 단어 어린이(child)에서 나온 형용사 '순진한(childlike)'과 '유치한(childish)'은 우리에게 많은 것을 시사한다. '순진'과 '유치'는 어린이의 본질적 속성이다. 그 둘은 동전의 앞뒤처럼 일체를 이룬다. 어른이나 아이 할 것 없이 지극히 순진한 사람에겐 지극히 유치한 측면이 있고, 지극히 유치한 사람에겐 지극히 순진한 측면이 있다.

동화 『벌거숭이 임금님』에서 모두가 임금님이 멋지다고 거짓말을 할 때, 임금님이 벌거숭이라고 최초로 지적한 사람은 어린이다. "모든 어린이는 예술가다. 문제는 '어떻게 어른이 된 뒤에도 예술가인 채로 남을 수 있는가' 이다."라고 피카소는 말했다. 창의적인 사람이 되고 싶고 창조적인 일을 하고 싶은 사람은 죽는 날까지 '어른 안 되기'를 실천해야 한다. 처한 환경과 주변 사람에 의해 동심이 훼손되지 않은 아이는 낯선 것에 대한 편견이나 선입견을 품지 않는다. 그런 아이는 새롭고 낯선 것에 항상 도전적이고 강한 호기심을 느낀다. 부모는 아이가 '낯선' 것을 두려워하고 피하게 하기보다는 지도 밖으로 걸어 나가서 낯선 것들을 적극적으로 접할 수 있도록 도와주어야 한다.

시 읽기,
암기하기, 쓰기

버지니아 포스트렐은 『미래와 그 적들』에서 "우리 앞길에 떠오르는 미래는 앞으로도 영원히 그렇겠지만 '복잡한 어지러움'이다. 이 '어지러움'의 원인은 무질서가 아니라 예측불가능하고 저절로 생겨나며 끊임없이 이동하는 질서다. 한마디로 우리는 엄청나게 창조적인 시대를 살아가고 있다."라고 말한다. 그는 "평범한 사람에게 '좋은 미래는 어떤 것인가? 라고 묻는다면, 대부분은 '확실하고 안전한 미래'라고 답할 것이다."라고 말한다.

변화론자들은 혼란, 혼돈, 불확실한 세계를 자연스럽게 받아들인다. 모든 기회란 그런 환경에서 나오기 때문이다. 미래는 '모두가 가는 길'이 가장 확실하고 '안전한 길'이라고 주장하는 '안정론자'와 '지도 밖의 길'을 개척해야 살 수 있다고 말하는 '변화론자' 사이에 격렬한 전투가 벌어질 것이다.

안정론자는 매사에 세세한 규칙을 만들고 계획을 세워 통제하려고 할 것이다. 변화론자는 안정이 오히려 비정상적이고, 변하는 것 자체가 정상이라고 생각한다. 변화론자는 시행착오나 실수, 지식의 부족을 인정하며 무엇을 찾고 추구하는 과정을 중시한다.

버지니아 포스트렐은 "변화론자들은 저절로 생기는 질서의 힘을 믿고, 복잡한 문제를 해결하는 진화의 힘을 믿고, 중앙에서 군림하는 지식의 한계를 믿는다. 그들은 일상생활의 미세한 결에서 감흥을 받고, 현대 세계의 구석구석에서 발견되는 독창성과 다양성에서 자극을 받는다."라고 말했다. 우리는 아이들이 긴장과 경쟁, 변화를 즐기면서 살아가도록 가르쳐야 한다. 성장기의 일시적인 일탈도 어른이 되기 위한 통과의례 과정으로 용인해 줄 수 있어야 한다.

초등학교 때부터 한 달에 시 한 편 암기하기를 생활화하면 내 아이를 천재로 만들 가능성이 커진다. 무엇을 맹목적으로 암기한다는 것은 구시대의 유물 같지만, 시 암기는 다르다. 외워서 읊조리는 '암창暗唱'을 자주 하면 효과는 더욱 극대화된다. 나는 경험을 통해 단언할 수 있다. 한국의 대표적인 현대시 100여 편을 암기하면 은유의 대가가 될 수 있다. 이렇게 하면 문학적 감수성을 타고난 아이는 시인이 될 수도 있다. 시 창작 교실에서 시 쓰는 요령과 기교를 배우는 것보다는 좋은 시를 암기하는 것이 좋은 시를 쓸 가능성을 훨씬 높여 준다. 시 읽기와 암기는 아이의 머리와 가슴, 뼛속에 은유라는 생각의 도구를 깊이 심어주는 것이며, 창의력 배양을 위한 지적 근력을 강화해 주는 것이다.

김용규는 "우리가 시를 읽고, 낭송하고, 외운다는 것은 단순히 감성적 취향을 고양하는 일이 아니다. 우리의 뇌 안에 은유를 창출하는 신경망을 새롭게 구축하는 작업이다.

누구든 우리 시(또는 동시)를 자주 낭송하고 모두 외우고 나면, 그의 뇌 안에 아리스토텔레스가 '천재의 표상'으로 지목한 은유적 사고를 할 수 있는 신경망이 형성된다. 그 결과 말과 글의 표현력이 점차 달라지고 설득력이 높아진다. 자신도 모르게 창의력도 발달할 것이다."라고 말한다.

나는 20여 년 전부터 초등학교 학부모들에게 온 가족이 한 달에 한 편씩 동시나 시를 암기하면 어른, 아이 모두가 기적 같은 변화를 경험하게 될 것이라고 말하며 그렇게 해 보기를 권했다. 지금도 그렇게 권하고 있다. 암기가 안 되면 낭송하는 습관이라도 가져 보도록 권한다. 가능하다면 시를 써 보도록 지도한다.

온 가족이 엄청난 변화를 경험하게 되었다고 말하는 사람들이 많다. 시를 읽고, 암기하고, 쓰는 가정의 아이들 절대다수가 최고의 명문대학에 입학했다. 시를 통해 배양되는 은유 능력은 국어, 수학, 영어 같은 다른 과목 공부에도 크게 도움이 된다는 사실을 확인할 수 있었다. 시 암기와 책 읽기의 습관을 지니고 있는 가정은 그렇지 않은 집보다 사교육비도 훨씬 적게 들었다.

시는 우리가 사람들이 우르르 몰려다니는 일상이라는 대로에서 벗어나게 해주며, 낯선 길에서 보석을 찾을 수 있는 능력을 길러준다.

시는 은유의 보물 창고다. 시를 통해 얻게 되는 '낯설게 하기'의 시선과 감성으로 우리가 접하는 모든 대상을 오래 바라보며 요모조모 뜯어보고, 그것을 가지고 놀다 보면 자신도 모르게 세상 사람들을 깜짝 놀라게 할 검은 백조를 찾을 수 있을 것이다.

참고한 책

· 나심 니콜라스 탈레브, 차익종 옮김, 『블랙 스완』, 동녘사이언스, 2008.
· 아리스토텔레스, 천병희 옮김, 『시학』, 문예출판사, 2015 외 다른 역자본 참조.
· G. 레이코프, M. 존슨, 노양진, 나익주 옮김, 『삶으로서의 은유』, 2016.
· G. 레이코프, M. 존슨, 임지룡 외 옮김, 『몸의 철학』, 도서출판 박이정, 2002.
· 김용규, 『생각의 시대』, 살림, 2014.
· 김애령, 『은유의 도서관』, 그린비, 2013.
· 버지니아 포스트렐, 이희재 옮김, 『미래와 그 적들』, 모색, 2000.

성장기의 독서, 왜 그렇게 중요한가?

집중과 몰입은 악마가 추방된 가장 즐거운 상태다.

- 미하이 칙센트미하이

마리아 몬테소리의 교육관은 자발성과 자기 통제에 기반을 둔다. 그녀는 '자기 교육(self-education)'을 강조한다. 교사가 특수한 '교수 자료'를 준비할 수 있지만, 가능하다면 교사는 뒤에 있어야 하고 아이가 스스로 그것을 수행해야 한다. 그녀는 "어린이에 대한 독재만큼 세계 전반에 걸친 큰 사회적 문젯거리는 없을 것이다. 어떤 노예나 노동자도 어린이만큼 무한한 순종을 요구당해 본 적이 없다. 그것은 수백 년 동안 끊임없이 계속되어 왔다. 이제 어린이들 편에서 생각할 때가 되었다."라고 말했다.

　지난 세기에 외쳤던 그녀의 말은 21세기를 살아가는 오늘 우리 사회에 여전히 유효하다. "자녀가 한두 명으로 줄어들면서 모든 것이 아이에게 집중되고, '소황제'란 말은 중국뿐만 아니라 우리에게도 그대로 적용된다. 대부분 가정에서, 아이가 원하는 것을 최우선으로 해결해 주는데 어떻게 아이를 노예 취급한다고 말할 수 있느냐?"라고 반문할 사람도 있을 것이다. 곰곰이 생각해 보라. 잘 먹이고, 잘 입히며, 가지고 싶어 하는 것 다 사 준다고 아이의 성장을 위해 최선을 다한 것인가? 이 땅의 부모들은 내 아이의 균형 잡힌 성장을 위해 얼마나 사려 깊게 행동했는가에 대해 깊이 생각해 볼 필요가 있다.

우리 부모들은 내 아이가 기 안 죽고 자존심 상하지 않게 하는 데 지나치게 신경 쓴다. 그러면서도 아이가 높은 자존감을 가지고 모든 것을 스스로 꾸려갈 수 있도록 양육하는 일에는 대체로 무능하다. 많은 부모가 "어린이는 게으르고 무능하며 백지여서 어른이 뭔가를 그려 넣어주고 지도해야 한다."라고 생각한다. 그들은 자녀가 성장하면서 자신의 통제를 벗어나게 될 때 심리적 박탈감을 느끼기도 한다. 일찍이 몬테소리가 "아이들이 핀을 꽂아 박제로 만든 나비처럼 자기 자리에 고정되어 있다."라고 지적한 말에 가슴이 뜨끔하지 않은 사람이 있겠는가.

오늘 우리 사회가 이 정도의 경제발전을 이룩할 수 있었던 것은 교육에 대한 인식, 다시 말해 교육을 출세의 방편으로 생각하는 비정상적인 교육 열기에 힘입은 바가 크다. 서구식 교육 제도가 들어오기 시작한 시점부터 교육은 계층상승을 위한 가장 확실한 수단이었다. 절대빈곤에서 벗어난 지금은 어떤가? 날이 갈수록 도를 더해 가는 광기에 가까운 교육 열기, 그 밑바탕에는 남보다 상대적 우위에 서겠다는 다소 불순한 동기가 여전히 깊이 자리 잡고 있다. 여기에다 '하면 된다'는 군사정권 때 유행하던 구호가 아직도 가정과 교육 현장에서 힘을 발휘하고 있다.

아이들의 삶의 질과 인권은 교육 당국과 학부모의 묵인 하에 경시되기 일쑤였다. 소수의 엘리트를 위해 다수가 게임메이커로 희생되고 있는 현 대입제도는 많은 아이를 불행하게 하고 있다. 그들에겐 복종과 순종의 의무는 있어도 불합리한 제도에 비판하고 저항할 권리는 없다.

전후 베이비 붐 세대와 그다음 세대는 온갖 고생 끝에 오늘의 안정된 삶을 획득하였다. 이들 역시 안정을 얻고 난 후에는 변화를 싫어하고 매사에 보수적인 입장을 취하는 경향이 강하다. 보수적인 태도는 급격한 변화나 위기 상황이 닥칠 때 잃는 것을 최소화할 수 있는 장점을 가진다. 허리가 휘도록 일하여 얻은 부동산과 피눈물 나는 노동으로 모은 원금을 온전히 보존하고 싶은 사람은 리스크가 따르는 모험을 하지 않으려고 한다. 혹독한 격동의 세월이 변화를 두려워하고 거부하게 만든 것이다.

우리를 무자비한 경쟁으로 내몬 신자유주의는 소수의 사람에게는 더욱더 많은 기회를 제공하며, 승자독식이라는 정글의 법칙을 사회 전 분야로 확대 적용하게 했다. 이런 상황에서는 한 번 전력 질주로 결승점을 통과했다고 해서 나머지 생애 동안 편안한 삶이 보장되는 것도 아니다. 부모 세대가 갈망하던 그런 안정은 이제 없다. 어떤 일에서든 승리는 일시적이며 죽는 날까지 게임은 계속된다. 매 게임 전력 질주하고 잠시 숨 돌리고 나서는 다시 사생결단으로 달려야 한다. 이제 의사, 판검사, 공무원, 교수, 교사 등과 같은 안정된 직종에 종사하는 사람들도 치열한 경쟁을 피할 수 없게 되었다.

안정을 중시하고 변화를 싫어하는 사람들은 과거는 항상 좋았으며 오늘과 내일은 늘 위태하고 불안하다고 생각한다. 지나치게 안정을 강조하는 가정에서는 새로운 환경과 급격한 변화에 능동적으로 대처할 수 있는 진취적이고 창의적인 아이가 나오기 어렵다.

결과중시주의

MIT 교수를 지낸 D. 맥그리거는 인간의 본성을 X, Y 두 가지 패턴으로 설명한다. X이론은 인간이란 본래 게으르고 타율적인 존재여서 목표를 정해 놓고 몰아붙이지 않으면 스스로 일하지 않는다는 관점이다. 상당수의 부모가 아이들은 자연 상태 그대로 두면 야망과 책임감이 없고 변화를 싫어하며 편안한 것만 추구한다고 생각한다. 그들은 아이들이란 금전적 보상이나 체벌 같은 외재적 유인에 민감하게 반응한다고 믿는다. 그들은 아이가 추구해야 할 목표를 설정한 후 명령하고 통제해야 하며 필요할 경우 체벌도 할 수 있다고 생각한다.

Y이론에서는 인간을 자율적인 존재로 인식한다. Y이론에 따르면 인간은 일을 싫어하는 것이 아니라 '조건'에 따라서 자발적으로 일하며 책임을 지려고 한다는 것이다. 이때 '조건'이란 일에 대한 매력적인 목표와 책임, 자유재량, 자율성 등을 의미한다. 많은 학부모가 때에 따라서는 아이에게 자유 재량권과 자율적 자기 관리를 허용한다. 그러나 계속 그렇게 해 주기가 어렵다고 하소연한다. 단기적 안목에서 보면 강제와 명령의 방식이 더 효율적이고 학업의 생산성을 높여 준다고 생각하기 때문이다.

20세기 중반에 나온 이 이론이 한국의 교육 현장에서는 여전히 위력을 발휘하고 있다. X이론은 한국 특유의 조급증과 결과중시주의와 결합하여 학업과 인성 교육 등 거의 모든 분야에서 무소불위의 힘을 발휘하고 있다.

내려갈 때 보았네

올라갈 때 보지 못한

그 꽃

- 고은, 「그 꽃」

　나태주의 「풀꽃」과 함께 가장 많이 인용되고 애송되는
짧은 시다. 산을 오를 때 우리는 길바닥을 보며 천천히 걸
어간다. 느릿느릿 걷다 보면 주변 꽃들이 눈에 잘 보인다.
가다가 바위나 나무에 기대어 잠시 쉴 때 우리는 주변을 좀
더 자세히 살핀다. 내려올 때는 대개 올라갈 때보다 빠른
속도로 걷는다. 심지어 어떤 사람은 뛰듯이 내려온다. 정상
정복의 성취감과 하산의 피로가 겹친 상태에서는 좌우에
늘어선 것들을 그냥 지나치기 쉽다. 그러므로 올라갈 때 보
지 못한 꽃은 내려올 때도 못 볼 가능성이 매우 높다. 올라
갈 때 어느 지점에 어떤 꽃이 있다는 것을 알아야 내려올
때 다시 차근차근 살펴보게 된다.

　인간사도 마찬가지다. 올라갈 때 주변을 살피지 않고 오
로지 앞만 보고 가는 사람은 대개 목표 지향적 성향을 가지
고 있다. 이런 사람들은 과정보다 결과를 중시한다. 반면
과정을 중시하는 사람은 한 걸음씩 내디딜 때마다 자신이

제대로 걷고 있는지를 살핀다. 주변 사람들을 불편하게 하거나, 상처는 주지 않았는지도 짚어본다. 앞서 걷는다고 뒤처진 사람을 무시하지 않고, 앞서가는 사람에게 지나친 경쟁의식을 가지지도 않는다. 자기 페이스를 중시한다. 정상이 가까워질수록 매사에 더욱 신중하고 조심한다. 마지막 순간에는 거의 무아지경에서 발걸음을 옮긴다. 그리하여 온몸이 땀에 젖은 채로 정상에 서면 그 무엇과도 바꿀 수 없는 성취감을 맛보게 된다.

과정을 중시하고, 과정을 즐기면서 정상에 오른 사람이라야 내려올 때도 여유가 있다. 하산 도중에 정상을 향해 올라가는 사람을 만나면 "얼마 남지 않았으니 힘내세요."라며 격려 인사도 할 수 있다. 최종 결과만 생각하며 돌진하는 사람은 주변 사람들에게 피해를 주기 쉽다. 이런 사람에게 자신의 모든 행동은 옳고 정당하다. 남들은 자신의 영광을 더욱 빛나게 해주는 들러리일 뿐이다. 산행이든 권력이든 올라갈 때보다는 내려올 때 다칠 가능성이 훨씬 더 높다. 올라갈 때 애써 주변을 살펴야, 내려올 때 미처 못 본 것들이 눈에 들어온다.

자녀가 원하는 대학에 입학하기만 하면 모든 것을 뜻대로 해주겠다고 말하는 부모가 많다. 이런 가정에서 성장한 학생들 상당수가 고교 시절에 오로지 점수 따기에만 몰두하고, 대학에 입학한 후에는 그냥 주저앉아 버린다. 많은 아이가 대학에 들어갈 때까지 앞만 보고 질주한다. 그중 일부는 잠시 휴식을 취한 후 심기일전하여 다시 걷거나 달려가지만, 또 다른 일부는 특별한 꿈도 야망도 없이 시간을 낭비하다가 졸업한다. 초·중·고 시절에 공부와 휴식의 시간을 조화롭게 활용하는 습관을 확립해야 한다. 아무리 교과 공부가 중요해도 주기적으로 숨 돌릴 시간을 가져야 한다. 균형 잡힌 성장을 위해 책을 읽고 음악을 듣고 그림을 감상하며 정서를 풍부하게 하면서 삶의 의미와 목표, 가치관 등을 제대로 확립하는 시간을 가져야 한다.

우리는 아이들에게 올바른 보행법으로 정상에 오르는 방법을 가르쳐야 한다. 걸을 때는 걷기에 집중하고 휴식 시간에는 긴장을 풀고 나무와 숲, 하늘과 구름, 다양한 풀과 꽃을 보며 계절의 변화를 체감하고, 지나온 길과 가야 할 길을 동시에 바라보는 여유를 가져야 한다. 현재를 직시하면서 미래를 통찰하는 능력을 배양하기 위해서는 책을 읽어야 한다. 책 속에는 공부를 잘할 수 있는 학습법과 그 구체적인 사례들이 수없이 많다.

이 사실을 잘 알고 있으면서도 우리는 아이들에게 체계

적인 독서 교육을 하지 않는다. 초등학교까지는 부모들이 극성에 가까울 정도로 책 읽기 교육에 열을 올린다. 그러다 가 중2를 전후하여 독서보다는 입시와 관련된 공부로 방향을 바꾼다. 고등학교에 입학하면 독서는 학생부 기록을 위한 과제로 전락한다. 숙제로 하는 책 읽기에서는 재미와 감동을 맛보기 어렵다. 삶의 기본자세와 방향은 성장기에 확립된다.

『안나 카레니나』, 소설에서 만나는 삶의 지혜와 학습법

많은 사람이 톨스토이가 마흔아홉 살에 쓴 걸작 『안나 카레니나』를 '안나'와 '브론스키' 사이의 불륜 소설로 생각한다. 그러나 이 소설은 사랑, 결혼, 종교, 윤리, 예술, 죽음 등 톨스토이가 인생에 대해 가지는 거의 모든 주제를 다루고 있다. 석영중 교수는 『안나 카레니나』는 결국 '어떻게 살 것인가'에 관한 소설이라고 해설한다. 여기서는 '완전한 몰입'에 이르게 되는 방법과 그 과정을 살펴본다.

『안나 카레니나』 3부 4~5장에는 톨스토이의 모든 생각을 전달해 주는 주인공 콘스탄친 드미트리치 레빈이 풀베기를 통해 '몰입'의 경지를 경험하는 구체적인 사례가 매우 리얼하게 표현되어 있다.

이 부분을 깊이 음미해 보면 '몰입'의 중요성과 효과, 그 상태에 이르는 방법에 대해 많은 것을 깨닫게 된다. 레빈은 육체적인 운동을 하지 않으면 자신의 성격이 완전히 망가지고 말 것이라고 말하며 집사에게 낫을 가져오라고 말한다. 레빈의 형이 동생에게 농부들이 주인의 기이한 행동을 비웃을 거라고 말하며 버텨낼 수 있겠느냐고 물었을 때, 레빈은 농부들과 똑같이 온종일 풀을 베겠다고 말한다.

그 이튿날 레빈은 농부들의 비웃음 속에서 풀베기에 참여하여 서툰 솜씨로 풀을 벤다. 처음에는 힘이 들었지만, 그는 다른 농부들에게 뒤처지지 않기 위해 애썼다. 농부들과 비교했을 때 레빈이 풀을 벤 줄은 구불구불하고 울퉁불퉁했지만, 그들에게 뒤처지지 않기 위해 혼신의 노력을 다한 결과 드디어 완벽한 '몰입'과 '숙달'의 경지에 다다르게 된다.

그들은 한 줄씩 차례차례 베어 갔다. 그들은 긴 줄과 짧은 줄을 누비고 다녔다. 그 속에는 좋은 풀도 있고 나쁜 풀도 있었다. 레빈은 시간에 대한 감각을 완전히 잃어버린 채 지금이 이른 시간인지 전혀 알지 못했다. 이제 그의 일에서 그에게 커다란 만족을 안겨 주는 변화가 일어나기 시작했다. 한창 일을 하는 동안 그에게는 자신이 무엇을 하고 있는지 까맣게 잊게 되고 갑자기 일이 쉬워지는 순간이 찾아들곤 했다. 바로 그 순간에는 그가 벤 줄이 치트가 벤 줄처럼 고르고 훌륭해졌다. 하지만 그가 자신이 무엇을 하고 있는지 기억해 내고 더 잘 해내려고 애쓰는 순간, 그는 노동의 힘겨움을 고스란히 느꼈고 줄도 비뚤비뚤해지고 말았다.

- 『안나 카레니나』 3부 4장

레빈은 시간이 얼마나 지났는지 몰랐다. 누군가 그에게 몇 시간이나 풀을 벴느냐고 물으면 그는 30분 정도라고 대답했을 것이다. 하지만 시간은 어느새 점심때가 되어있었다.

- 『안나 카레니나』 3부 5장

일이든 공부든 완전히 몰입하게 되면 시간의 흐름도 잊게 되고 자신이 무엇을 하고 있는지도 망각하게 된다. 무엇을 하고 있다는 사실을 인식하는 순간 힘이 드는 경우가 많다.

완전히 몰입한 상태에서는 힘들다는 생각조차도 하지 않게 된다. 청소년기에 운동이나 독서를 통해 이런 상태를 자주 경험할 필요가 있다.

레빈은 그들 사이에서 풀을 베어나갔다. 가장 무더운 때였지만, 그에겐 풀베기가 그다지 힘들게 느껴지지 않았다. 그의 온몸을 적신 땀이 그를 시원하게 해 주었고 등과 머리와 팔꿈치까지 걷어 올린 팔에 내리쬐는 태양은 노동에 단단함과 끈기를 북돋아 주었다. 무의식의 순간이 점점 더 빈번하게 찾아들었고, 그럴 때면 자기가 무엇을 하는지 아무 생각도 들지 않았다. 낫이 저절로 풀을 벴다. 행복한 순간이었다.

- 『안나 카레니나』 3부 5장

레빈은 풀을 베면 벨수록 망각의 순간을 더욱더 자주 느끼게 되었다. 그럴 때는 손이 낫을 휘두르는 것이 아니라, 낫 자체가 생명으로 충만한 그의 몸을, 끊임없이 스스로를 의식하는 그의 몸을 움직였으며, 그가 일에 대해 아무 생각을 하지 않아도 마치 마법에 걸린 것처럼 일이 저절로 정확하고 시원스럽게 진행되었다. 이런 때가 가장 행복한 순간이었다. 다만 이처럼 무의식적으로 행해지는 동작을 멈추고 무언가를 생각해야 할 때 작은 풀숲이나 괭이밥 덤불을 깎아 내야 할 때는 일이 힘겹게 느껴졌다.

- 『안나 카레니나』 제3부 5장

악마를 뜻하는 영어 단어 'devil'은 '떼어내다', '동강 내다'라는 뜻을 가진 희랍어 'diabollein'에서 나왔다. 어원 상 악마는 '무엇을 분리하고 분열시키는 존재'를 말한다. 우리는 한 사람의 영혼이나 공동체를 분열시키고 괴롭게 하는 유무형의 존재가 있을 때 그것을 악마라고 부른다.

학생이 집중해서 공부하고 싶은데 잡생각이 나는 것도 악마의 방해라고 할 수 있다. 책을 읽는데 줄거리에 빠져들 지 못하고 자꾸 딴생각하는 것도 자기 내면의 악마에게 시 달림을 받는 것이라고 할 수 있다. 떨어져 나가고, 동강 나 는 '분열과 분리'의 고통에서 벗어날 수 있는 길은 무엇인 가? 다른 모든 것을 잊을 수 있을 정도로 어디엔가 무섭게 몰두하는 것이다.

우리는 즐거운 마음으로 몰입하다 보면 문제가 절로 풀 리고 진도도 잘 나가게 된다는 사실을 경험으로 알고 있다. 게으른 일꾼 밭고랑 세듯이, 공부해야 할 책장을 자꾸 세거 나 '하나도 놓치지 않고 완벽하게 끝내야지.'라는 생각에 집착하다 보면 일이나 공부는 오히려 재미없고 더 힘들어진다. 문제를 풀고 있다는 사실도 잊고 볼펜을 쥐고 있는 손의 움직임에 그냥 몸을 맡기고 따라가다 보면 마법에 걸린 것처럼 정답을 찾게 되는 경우가 있다.

몰입 상태에 빠진 작가들은 누가 불러주는 것을 받아 적는 것처럼 글을 쓰게 되는 경험을 자주 한다. 레빈의 풀베기 대목을 부모와 자녀가 함께 읽어보고, 실생활에 적용해보면 엄청난 효과를 확인하게 될 것이다.

심리학자 미하이 칙센트미하이는 집중과 몰입은 악마가 추방된 가장 즐거운 상태라고 말한다. 그는 "몰입(flow)은 삶이 고조되는 순간에 물 흐르듯 행동이 자연스럽게 이루어지는 느낌을 일컫는다."라고 말한다. 레빈이 경험한 풀베기가 그렇다. 몰입의 경험에 비례하여 우리의 삶은 자신이 원하는 방향으로 향하게 된다. 칙센트미하이는 창조적인 사람의 세 가지 요건으로 '전문지식, 창의적 사고, 몰입'을 꼽았다.

아르키메데스의 창의적 발견에는 먼저 '물리학적 지식'이 있었다. 어떤 창조도 '바탕 지식'이 있어야 한다. 그다음에는 뉴턴처럼 떨어지는 사과를 남과 다른 시각으로 바라보는 '창의적 사고'를 해야 한다. 그는 이 모든 것을 아우르는 일에 대한 '몰입'이 창조를 완성한다고 말한다.

그는 창조는 지능이나 선천적으로 타고난 것보다는 자신의 믿음과 생각에 크게 좌우된다고 말한다. 자신이 창조적이라고 믿으면 창조성이 발휘되고, 그렇지 않다고 믿으면 창조성은 제어된다.

자녀 양육,
아폴론과 디오니소스의 조화

우리 아이들은 부모가 멋대로 조작할 수 있는 기계가 아니다. 그들은 생명 활동이 왕성한 온갖 가능성의 총체이며 가변적인 소우주다. 부모의 양육 방법에 따라 그들은 찬란한 태양이 될 수도 있고, 생명이 다하는 날까지 정처 없이 돌아다녀야 하는 떠돌이별로 전락할 수도 있다.

격려와 악담을 구별하지 못하는 사람, 아직도 꾸중과 간섭이 자녀를 분발하게 하는 특효약이라고 생각하는 부모가 많다. 위기를 들먹이며 남을 통제하려는 사람들에게서는 남을 설득하려는 진지한 노력과 고뇌의 흔적을 찾아보기 어렵다.

위기론은 일종의 폭력이다. 위기론의 무자비한 횡포 앞에서 여린 아이들은 위기 극복의 의지를 갖기보다는 불안감 때문에 무기력해지기가 쉽다. 위기론 속엔 가학성과 잔인함이 깃들어 있다. 불안감은 인간의 모든 잠재 능력을 파괴하고 영혼을 병들게 한다.

어른이나 아이 할 것 없이 칭찬과 격려의 말을 들으면 기분이 좋아지고 힘이 솟아난다. 미래에 대해 낙관적인 태도를 가지면 신기할 정도로 어려운 문제들이 쉽게 해결된다. 이런 경험이 누적되면 모든 일에 자신감을 가지게 된다.

어떤 일을 할 때 빠름과 느림이 조화를 이루면 생산성은 극대화된다. 빠름이 성공적인 것이 되기 위해서는 그 속에 느림과 여유가 있어야 한다. 마찬가지로 느림이 창조적이고 생산적인 것이 되기 위해서는 필요할 때 즉시 속도를 낼 수 있는 탄력성이 있어야 한다. 음미와 여유가 없는 속도는 무모하며, 결국에 가서는 일을 크게 그르칠 가능성이 크다. 우리는 지금 속도가 미덕이라고 착각하는 사회에서 뒤처질까 안달하며 거름 지고 장에 가듯이 숨 가쁘게 유행을 따라가고 있다.

"우리는 가속의 체증 속에서 꼼짝 못 하고 앉아 있을 때가 많다. 시간이라는 기차에서 진행 방향과 같은 방향으로 앉아서 성급한 진보에 몸을 내맡긴 많은 사람은 창문을 아주 조금만 열어도 바람이 얼굴에 심하게 부딪힌다는 것을 알게 된다. 그러나 달리고 있는 진보라는 기차의 방향과 반대 방향으로 앉아 있으면 창문을 연 채 갈 수 있다."

칼 하인츠 A. 가이슬러의 말은 우리에게 많은 것을 시사해 준다. 맹목적으로 속도만 추종하다 보면 치명적인 바람을 맞기 쉽다. 혼자 수학 공부를 하면 한 시간에 서너 문제밖에 풀 수 없지만, 학원에 가거나 과외를 받으면 몇 배의 문제를 풀 수 있다고 생각하는 부모들이 많다. 그러나 한 문제를 붙잡고 오래 생각하는 학생이 궁극에 가서는 이기게 된다. 얼핏 보면 느린 것 같지만 혼자 고심하는 과정에서 수학적 사고력과 창의력이 길러지고 인내심과 적극적인 도전 정신이 배양되기 때문이다.

니체 철학의 근간은 아폴론적인 것과 디오니소스적인 것의 대립과 협동, 그 상호 반발과 화해이다. 아폴론이 깨어있는 정신이라면 디오니소스는 도취한 감동이다. 우리의 삶과 예술은 깨어 있는 이성과 취한 감동의 결합이라고 할 수 있다. 니체는 『비극의 탄생』에서 세상은 밝은 면과 어두운 면이 있는데, 소크라테스가 아폴론적인 것만 문제 삼고 디오니소스적인 것은 중시하지 않았기 때문에 그리스인은 본

능의 강점을 잃었을 뿐만 아니라, 생의 근거, 신화적인 깊이마저 상실했다고 주장했다.

그리스 신화에서 아폴론은 태양의 신으로 법과 질서를 상징하는 이성적인 존재다. 디오니소스는 술과 시를 관장하는 신으로 대지의 풍요를 상징한다. 아폴론은 냉철한 균형과 조화를 상징한다. 아폴론적 예술은 단정하고 엄격하며 차분한 형식미를 강조한다. 디오니소스적인 예술은 격정과 황홀경을 강조한다.

니체는 그리스 조각상의 균형미를 아폴론적 예술의 대표적인 예로, 힘에 넘치는 충동적인 음악과 무용을 디오니소스적 예술의 전형으로 간주했다. 니체는 아폴론적 균형이 지나치면 과도하게 지적인 삶을 동경하게 되고, 디오니소스적 도취가 지나치게 허용되면 방종과 타락으로 빠져들기 쉽기 때문에 양자의 조화를 추구하는 것이 올바른 삶이라고 말했다.

"우리는 예술작품을 통해 감정이 고양됨을 느끼며 현실을 초월할 수 있는 어떤 초자연적인 힘이 자신에게 있음을 깨닫게 된다. 아폴론이 미와 빛의 신이라면 디오니소스는 그늘의 신이다. 밝고 아름다운 꽃을 피우기 위해서는 지하 어두운 곳에서 영양을 섭취하는 노력이 있어야 하듯이, 아폴론은 디오니소스의 협동이 있어야 그 역할을 제대로 수행할 수 있다." 니체 해설에 탁월했던 이병주의 말이다. 모든 일에서 깨어있는 이성과 취한 감동이 결합할 때 가장 아름답고 바람직한 결과를 얻을 수 있다.

사람은 누구나 자신을 분열시키고 괴롭히는 악마를 내면에 간직하고 산다. 주기적으로 힘겨운 일상에서 벗어나 어디엔가 몰입함으로써 스트레스를 해소하고 마음의 상처를 치유해야 한다. 지치면 몰두할 수 없고, 몰두할 수 없을 때 온갖 잡념이 스며든다.

오늘 우리 부모와 자녀들의 삶은 너무 각박하고 여유가 없다. 지금 이 땅의 학생들은 지나치게 합리적인 것과 이성적인 것만을 추구하도록 강요받고 있다. 주기적으로 무엇인가에 도취하여 감동을 경험하지 않으면 어떤 합리성의 추구도 허망할 수밖에 없다. 내신과 수능 고득점을 위해 최선의 노력을 다해야 한다. 그와 동시에 책 속에서 진한 감동과 함께 삶의 지혜를 얻고 나아갈 방향을 찾아야 한다. 아폴론적인 것과 디오니소스적인 것의 조화, 이는 한 인격체의 균형 있는 성장뿐만 아니라, 당면한 입시에서 성공하기 위해서도 필요하다.

성장 과정에 있는 청소년은 독서와 사색을 통해 삶의 밑

그림을 그리며, 혁명적인 변화와 자기 혁신을 도모해야 한다. 교실과 교과서에 너무 오래 갇혀 꿈과 신명을 잃어버린 아이들에게 독서의 필요성과 효과, 그 즐거움을 깨닫게 해 주자. 올라갈 때 제대로 보고 들으며 그 과정을 즐길 수 있어야 정상 정복의 기쁨은 극대화되고, 하산할 때도 여유를 가지고 삶의 의미와 가치를 새롭게 발견하게 된다.

참고한 책

· 한겨레신문 문화부 편, 『20세기 사람들』, 한겨레신문사, 1996.
· 미하이 칙센트미하이, 이희재 옮김, 『몰입의 즐거움』, 해냄출판사, 2010.
· 황농문, 『몰입』, 랜덤하우스코리아, 2007.
· 칼하인츠 A. 가이슬러, 박계수 옮김, 『시간』, 석필, 2002.
· 프리드리히 니체, 곽복록 옮김, 『비극의 탄생/즐거운 지식』, 동서문화사, 2016.
· 이병주, 『허망과 진실』, 기린원, 1979.
· 석영중, 『톨스토이 도덕에 미치다』, 예담, 2009.
· 톨스토이, 연진희 옮김, 『안나 카레니나』, 민음사, 2013.
· 윤일현, 『부모의 생각이 바뀌면 자녀의 미래가 달라진다』, 학이사, 2009.
· 윤일현, 『시지프스를 위한 변명』, 학이사, 2016.

사고의 깊이와 다양성,
창의력 배양을 위한 독서

모든 예술은 혼돈과의 유희이자 혼돈에 대한 싸움이다.
예술은 언제나 혼돈을 향해 점점 더 위태롭게 다가가서
더욱더 넓은 정신의 영토를 그로부터 건져오는 작업이
다.

- 아르놀트 하우저, 『문학과 예술의 사회사』 중에서

우리 사회는 정보화 사회 특유의 활력과 열정이 넘쳐나는 곳이다. 다른 한편으로는 절대빈곤에서 벗어나기 위해 일사분란과 효율성을 강조하던 산업사회의 부정적인 폐단과, 권위적인 군사정권을 지지하는 세력과 그에 반대하는 민주화 세력, 두 진영 모두가 즐겨 사용하던 이분법적 흑백논리와 편 가르기의 악습이 아직도 도처에 남아 힘을 발휘하고 있는 곳이다.

　식민지 시대와 해방 이후의 혼란기, 6.25, 반독재 민주화 투쟁 등 질곡의 세월을 거치면서 우리는 남보다 빨리 일어나 먼저 움직여야 살아남을 수 있었다. 후발 주자가 선진국을 따라잡기 위해서는 그들을 빠르게 모방할 수 있는 기능공적 인물을 대량으로 배출할 필요가 있었다.

　수요가 발생할 때마다 즉시 인재를 선발하여 적재적소에 배치하기 위해서는 논란의 여지가 없고 누구나 승복할 수 있는, 정답이 하나밖에 없는 OX 문제나 선다형 객관식 문제가 합리적 수단으로 오랫동안 힘을 발휘했다. 이렇게 우리 내면에 잠재된 이의異議와 다름을 수용하지 않으려는 경직된 사고방식, 조급함, 맹목적 속도중시주의 같은 성향은 여전히 생활 전반에 깊이 침투되어 있다.

우리는 기다림에 대한 지구력이 약하다. 빠르고도 분명한 입장 표명, 즉흥적이고 즉물적인 단선적 사고방식, 선정적 충동성은 사회 모든 분야에서 질적인 성장을 가로막는 요인으로 작용하고 있다. 대의 민주주의가 상당한 수준에 이른 지금, 우리에게는 모든 일에서 형식과 절차를 중시하면서 좀 더 냉정해지는 훈련, 조금 시차를 두고 뜸을 들인 후에 발언하는 훈련, 상대의 이야기가 내 생각과 다르다고 바로 거부하거나 부정하지 말고, 끝까지 경청한 후 좋은 점은 받아들이려고 노력하는 훈련이 필요하다. 우리는 지금, 특히 우리 아이들은 '차이가 가치'를 의미하는 시대, 다양한 개성과 관점, 창의성이 경쟁력이 되는 시대를 살고 있다.

편향된 시각, 잘못된 독서 지도

When I Heard the Learn'd Astronomer

- Walt Whitman (1819-1892)

When I heard the learn'd astronomer

When the proofs, the figures, were ranged in columns before me,

When I was shown the charts and diagrams, to add, divide, and measure them,

When I sitting heard the astronomer where he lectures with much

applause in the lecture-room,

How soon unaccountable I became tired and sick,

Till rising and gliding out I wander'd off by myself,

In the mystical moist night-air, and from time to time,

Look'd up in perfect silence at the stars.

내가 해박한 천문학자의 강연을 들었을 때

- 월트 휘트먼

내가 해박한 천문학자의 강연을 들었을 때,

온갖 증명과 수치들이 내 앞에 나열되었을 때,

더하고, 나누고, 측정할 도표들과 도식들이 주어졌을 때,

강의실에서 박수갈채를 받으며 강연하던

그 천문학자의 설명을 들으며 앉아 있을 때,

너무나도 빨리, 까닭 모를 지루함과 메스꺼움을 느꼈습니다.

나는 조용히 일어나 미끄러지듯 밖으로 나가 홀로 걸으며

촉촉하게 젖은 신비로운 밤공기 속에서, 이따금,

완전한 고요와 적막 속에서 반짝이는

밤하늘의 별들을 쳐다보았습니다.

- 필자 옮김

고교 시절 영어 선생님이 미국의 시인이자, 수필가인 월트 휘트먼의 시 원문을 번역하고 해설해 주던 모습이 아직도 기억에 생생하다.

"시에서 반복되는 수동태(was shown, were ranged, …) 문장들은 학생의 주관적이고 능동적 참여가 배제된 수동적 교육 현장을 잘 보여주며, when이 반복되면서 활력이 사라진 정형화된 강의실 풍경이 더욱 극적으로 묘사되고 있다. 시적 화자는 마침내 말로 설명하기 어려운 지루함과 메스꺼움을 참지 못하고 강의실을 빠져나온다. 그러고는 별을 쳐다보며 신비로운 우주의 경이를 직접 체험한다." 선생님의 해설은 신선하게 와닿았다.

"책상머리에 앉아 종일 이론 공부하는 것보다 별을 바라

보며 그 신비와 경이로움을 직접 느끼는 것이 '살아있는 지식' 이다." 우리는 그때 열광했다. 그 선생님은 정말 인기가 있었다. 어른이 된 지금도 밤하늘의 별을 보면 휘트먼의 시와 그 선생님이 떠오른다.

대학을 졸업하고 한참 세월이 흐른 후 어느 독서 모임에서 또다시 이 시를 만났다. 이 시를 들고나온 교사 역시 고교 시절 내가 배운 선생님과 비슷한 이야기를 했다. 그는 생기와 생동감을 상실한 교육, 능동성과 자발성이 결여된 교실의 지루한 수업이 학생들을 죽인다고 말했다.

그는 사람을 압살할 것 같은 콘크리트 천장이 하늘을 막고 있는 교실에서 별을 공부하는 비극의 현장을 어떻게 생각하느냐고 물었다. 우리 교육은 딱딱하고 지루한 강의를 인내하며 성공적으로 견뎌내는 아이들에게 상을 주고, 명문대학과 좋은 직장을 보장해 준다고 말하며, 죽은 교실에서 죽은 강의를 듣는 순종적인 아이들이 보상받는 그런 교육이 무슨 의미가 있느냐고 그는 힘주어 외쳤다. 그는 정말 감수성이 예민한 아이들은 항상 손해를 보고 설 자리가 없다며, 우리는 남다른 감성을 가지고 있으면서 직관력이 뛰어난 아이들을 삶의 질곡에서 구해야 한다고 주장했다.

나는 이야기를 듣고 나서, 그가 자신의 편향된 교육관을 선전하는 수단으로 휘트먼의 시를 이용하고 있을 뿐이라고 말하며, 그의 주장에 동의할 수 없다고 반박했다.

지난 세기말부터 지금까지 감성 교육 열풍이 몰아치고 있다. EQ(Emotional Quotient, 감성지수)는 어디를 가나 학부모의 화두였다. 한때 크고 작은 서점의 가장 좋은 자리는 EQ 관련 서적들이 차지했다. EQ 열풍이 몰아칠 때, 아이가 학원에서 강의를 듣는 동안 엄마는 아이를 기다리며 차 안에서 감성 교육 관련 책을 읽고 있는 희극적인 광경도 흔하게 목격할 수 있었다. EQ 광풍이 휘몰아칠 당시에 수많은 사람이 예민한 감성과 창의력은 교실에서 교사가 주입하는 것을 암기한다고 배양되는 것이 아니라며, 자연 속에 뛰어들어 자연이 주는 느낌으로 그것을 체득해야 한다고 가르쳤다. EQ가 강조되던 시절 휘트먼의 시가 다시 언급되는 것은 당연한 현상이었다.

나는 조셉 보그스가 쓴 『영화 보기와 영화 읽기』에서 휘트먼 시에 대한 제대로 된 해석을 읽었다. 조셉 보그스는 휘트먼 시의 가장 두드러지는 문제점은 시인과 천문학자를 양극화시킨 과격한 흑백 논리라고 지적했다. 맞는 말이다. 천문학자의 강연은 수학적, 논리적 분석과 추론, 시인의 시는 정서적, 직관적, 감성적 영감에 근거한다. 휘트먼의 시는 두 특징이 포함된 절충적이고 종합적인 중간지대의 가능성을 암시하지 않고 있다.

시가 주는 전체적인 느낌은 중간지대의 가능성을 부정하는 쪽에 가깝다. 보그스는 시인의 영혼과 천문학자의 지성이 우리 모두에게 동시에 주어질 수 있다는 점을 지적했다. 얼핏 보기에는 서로 상충하는 것 같은 두 요소가 사실은 서로를 부정하고 배척하는 것이 아니라, 상호보완과 상호상승 작용을 통해 서로를 더욱 강화할 수 있다는 것이다. 그는 진실하고 신비롭고 아름답고 정서적인 즐거움은 직관적, 정서적으로뿐만 아니라 지적, 이성적으로도 체험할 수 있는 형태로 존재할 수 있다고 말했다.

조셉 보그스는 천문학자란 냉정하고 분석적인 관찰자이지만 시인이기도 하다고 말한다. 우리가 맨눈으로 볼 수 없는 우주 안의 무수한 것들에 대해 다양한 지식을 가지고 있는 천문학자가 별과 우주를 바라볼 때 보통 사람보다 더욱 예민해질 수 있다. 그는 망원경을 통해 더없이 아름다운 모습을 발견할 수 있고, 그것으로부터 정서적인 황홀감을 경험할 수도 있다는 것이다.

과학적 지식이나 분석이 아름다움과 신비로움을 파괴한다고 생각하는 것은 사람의 몸을 연구하기 위해 뼈와 근육

조직, 신경 체계 등을 세밀하게 분석하는 의사가 인체의 신비와 인간에 대한 존경심을 잃게 된다고 말하는 것과 같다. 인체를 깊이 연구할수록 인간은 그 어떤 이론으로도 설명하기 어려운 경이의 대상이라는 사실을 확인하게 된다.

　과학 교양서적의 고전이라 할 수 있는 칼 세이건의 『코스모스』는 어떤 시집보다도 문학적 상상력을 자극한 책이다. 그는 우주의 탄생과 은하계의 진화, 우주를 떠돌던 먼지가 의식 있는 생명이 되는 과정, 외계 생명체의 존재 문제 등에 관한 내용을 수백 장의 사진과 일러스트를 통해 흥미진진하게 설명했다. 칼 세이건의 『코스모스』는 문학적 감성이 녹아있는 한 편의 서사시 같은 책이다.

　『코스모스』는 과학 서적이면서도 수많은 사람의 상상력을 사로잡아 칼 세이건이 시인의 자리를 빼앗아 갔다는 말이 나오기도 했다. 대문호 괴테는 문학뿐만 아니라 생물학, 광물학 같은 과학 분야도 진지하게 연구했다. 그는 자신의 이론과 실험을 집대성하여 『색채론』을 출판하기도 했다. 괴테는 문학에서 과학에 이르는 모든 지식의 통일성과 삶의 총체성을 믿었다. 그렇다고 다방면에 걸쳐 해박한 지식을 가지고 있던 괴테의 감수성을 의심하는 사람은 아무도 없다.

로버트 루트번스타인과 미셸 루트번스타인은 『생각의 탄생』에서 문학, 예술, 과학 등 모든 분야에서 창조적 사고를 한 천재들은 마음의 눈으로 관찰하고, 머릿속으로 형상을 그리며 모형을 만들고 유추하여 통합적 통찰을 얻었다고 기술하고 있다. 이런 천재들은 과학과 예술 등 모든 분야를 넘나들며 창조적 사고를 하였다.

　프랑스의 물리학자 아르망 트루소는 "모든 과학은 예술에 닿아 있다. 모든 예술에는 과학적인 측면이 있다. 최악의 과학자는 예술가가 아닌 과학자이며 최악의 예술가는 과학자가 아닌 예술가이다."라고 말했다. 학생들이 배우는 모든 과목은 상호배타적인 것이 아니다. 통합적 사고를 할 수 있는 사람이 예술과 과학 등 모든 분야에서 창의력을 발휘한다.

　오늘 우리 교육은 극단과 편향을 부추기고 있다. 인문계 학생에게는 과학 과목을 제대로 가르치지 않고, 자연계 학생에게는 사회 과목을 제대로 가르치지 않는다. 그래서 수능 국어시험에 인문·사회과학 지문이 나오면 자연계 학생들이 이해하지 못하고, 자연과학 내용이 나오면 인문계 학생들이 이해하지 못하는 것은 당연하다. 학생이 아니라 우리 교육체제가 문제다.

기성세대들은 우리 학생들이 과거보다 인내심이 부족하고, 복잡한 것을 견디지 못하고, 토론과 논쟁에서 상대의 말을 귀담아듣지 않고 자기주장만 옳다고 우기는 경향이 강하다고 말한다. 어느 세대나 비슷한 비난과 질책을 받았다. 지금 세대가 상대적으로 그런 경향이 심하다면 부모 세대의 잘못이다. 부모 세대가 학창 시절 어떤 지적 풍토 속에서 성장했는가를 돌이켜보며 지도 대책을 고민할 필요가 있다.

변증법 - 낮은 단계에서 높은 단계로, 진리를 향한 운동

변증법은 원래 그리스어 'dialektike'에서 나왔다. 처음에는 문답법 또는 대화술이라는 회화 기술로 대화를 할 때 상대편의 모순을 찾아 그것을 자각시키고 잘못을 깨닫게 하여 더 높은 단계로 나아가는 방법을 의미했다. 플라톤은 소크라테스가 행한 비판에 응답하면서 진리에 도달하는 방법, 부정을 통해 정신이 진리에까지 고양되는 과정이 변증법이며, 부정을 통해 고양되는 정신은 동일한 정신이라고 했다.

헤겔에 의하면, 정신뿐 아니라 발전·성장·변화하는 모든 것에는 '다른 것으로 발전하면서도 동일성을 보전·유지한다'는 '대립의 통일'이 포함되어 있다. 변증법이 정립(These), 반정립(Antithese), 종합(Synthese)의 3단계(생략해서 정·반·합)로 구성되는 논리라고 설명하는데, 이 말은 피히테의 용어를 원용해서 헤겔 변증법을 설명한 것이다.

헤겔은 헤라클레이토스가 변증법의 진정한 창시자라고 했다. 헤라클레이토스는 만물은 그 속에 모순이 포함되어 있고, 대립물의 투쟁에 의해 만물은 유전한다고 했다. 헤겔은 하나의 개념이나 사물은 자신 속에 자신과 대립하는 모순이 있으며 이 대립하는 모순에서 부정적인 것을 지양함으로써 고차적인 발전을 향해 나아간다고 했다. 마르크스, 엥겔스 등 헤겔 좌파는 헤겔의 관념변증법을 유물변증법으로 바꾸고, 이를 자연, 사회, 사고 전반에 적용하는 일반법칙으로 발전시켰다.

헤겔 변증법은 주로 사고의 발전 과정을 다루었고, 마르크스의 변증법은 자연과 역사를 포함한 물질의 발전 과정을 다룬다. 그러나 두 진영이 적용하는 대립, 모순 등의 개념은 차이가 있다. 헤겔 변증법에서는 대립하는 하나의 요소가 다른 요소를 부정하고 배척하면서도 서로의 관계를 유지한다. 마르크스의 변증법에서는 대립물의 투쟁과 통일이 모순의 본질이라고 하지만 그 적용에서는 통일보다는 투쟁을 강조하는 측면이 강하다.

식민지 시대와 해방 이후의 좌우 대립, 70~80년대 민주화 운동을 거치면서 각 진영은 극한의 대립 관계를 유지하며 각자의 세력을 확장하려고 혼신의 힘을 쏟았다. 그런 상황 속에서 여러 정치적, 문화적, 학문적 세력들은 같은 진영을 결속하고 상대 진영을 몰아붙일 필요가 절실했다. 그러다 보니 모순과 대립에 대처하는 방식도 장점은 보전·유지하며 결점만 극복하여 보다 발전한 단계로 나아가는 통일과 화해보다는 무조건 부정하고 투쟁하는 쪽을 선호했다.

동지 아니면 적이라는 이분법적 사고는 정치, 경제, 사회, 문화, 교육 등 모든 분야에서 오랫동안 힘을 발휘했다. 절차적 민주주의가 어느 정도 확립된 지금도 우리는 이분법적 편 가르기와 흑백논리가 사회 전반을 휘젓고 있음을 목격할 수 있다. 자유분방한 사고와 다양성을 존중하며 창의력과 발랄한 상상력을 배양해야 하는 청소년들에게 특정 이념이나 어른들의 편향된 사고방식을 주입하는 것은 학생 개인뿐만 아니라 국가발전을 위해서도 바람직하지 않다.

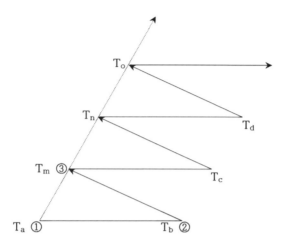

변증법은 인식의 3단계 전개를 의미한다. 이 3단계는
정·반·합, 정립·반정립·종합, 즉자적 단계(an sich), 대자적
단계(für sich), 즉자·대자적 단계(an-und-für sich) 등으로 불린
다. 한단석 교수는 『헤겔 철학 사상의 이해』에서 각 단계를
알기 쉽게 잘 설명하고 있다. ①의 단계는 그 자체에 이미
모순이 포함되어 있지만 그 모순을 깨닫지 못하는 상태다.
아직 자각 단계가 아니기 때문에 즉자태라고 한다. ②는 모
순을 자각하는 단계로 대자태라고 한다. ③의 단계는 ②의
모순을 극복한 단계로 즉자·대자태라고 부른다.

우리는 모순이 드러난 ②의 단계에서 종합인 ③의 단계

로 가는 과정에 특히 주목해 볼 필요가 있다. 우리 사회에 만연해 있는 극한적인 대립, 흑백논리, 타협과 절충을 모르는 과격한 투쟁은 ②에서 ③으로 가는 과정에 대한 오해와 무지, 자의적 해석에서 비롯되는 경우가 많다.

어떤 명제가 모순이 있지만 아직 그 모순이 드러나지 않은 상태가 ①의 즉자태다. 흔히 ①에서 모순이 드러나 ②에 이르는 과정을 '부정'이라고 한다. 모순이 드러난 ②에서 모순을 제거하여 ③에 이르는 과정을 '부정의 부정'이라고 부른다. 헤겔은 이것을 아우프헤벤(aufheben, 변증법적 지양)이라고 했다. 그런데 아우프헤벤은 '부정하다, 지양하다, 폐지하다'의 의미와 '보존하다, 지속하다, 유지하다, 고양하다'의 의미를 같이 가지고 있다. 헤겔이 말하는 아우프헤벤은 ①이 가진 속성 중 긍정적이고 바람직한 것은 보존, 유지하면서 바람직하지 않은, 드러난 모순만 부정하는 것이다. 그래야 ①은 ②의 과정을 거쳐 보다 높은 단계인 ③으로 발전하게 된다.

헤겔은 변증법이란 개념의 유희가 될 수 없으며 극히 상식적인 성격을 가진다고 말한다. 우리가 어떤 명제나 개념, 제도 등에서 잘못과 모순과 과오를 자각하고 그 부정적인 요소를 고쳐 Ta → Tm → Tn → To 와 같이 계속 더 나은 단계로 발전시켜 나가는 일련의 과정이 바로 변증법적 지양이다.

또한 변증법적 발전이란 그림이 보여주듯이 직선이 아니고 지그재그의 구불구불한 코스를 거치며 시간이 필요한 과정이라는 것을 알 수 있다. 헤겔은 현실에는 무수한 비합리적인 것이 포함되어 있는데 그것을 냉정하게 바라보며 드러난 모순(부정)을 극복(부정의 부정)해야 한다고 말했다. 헤겔은 '부정의 부정(변증법적 지양)'이란 그것이 가지고 있는 좋고 바람직한 것은 그대로 보존하고 유지하면서 모순만을 부정하고 극복하는 것이라는 점을 분명히 했다.

70~80년대는 헤겔 좌파와 마르크스, 엥겔스 등의 유물변증법이 힘을 발휘하던 시대였다. 그래서 정치, 경제, 사회, 문화, 교육 등 모든 분야에서 모순과 부정적인 요소가 드러나면 그것이 무엇이든 투쟁과 타도의 대상이 되는 경우가 많았다. 토론할 때도 나와 반대 진영에 있으면 상대의 주장에 긍정적인 요소가 있어도 일단은 받아들이려고 하지 않았다.

그런 풍토에서는 더 나은 단계로 발전하는 대타협과 화해, 진정한 의미의 종합은 어려웠다. 헤겔은 보편과 특수는 결코 서로를 부정하는 모순적 규정이 아니고, 오히려 상대를 떠나서는 존재할 수 없는 것으로 인식했다. 특수를 포함한 보편이 참다운 보편이고, 구체적인 보편이라고 했다.

다시 책 읽기로 돌아가 보자. 우리는 아직도 토론과 논쟁에서 진정한 아우프헤벤aufheben이 잘 실천되지 않는 풍토 속에 살고 있다. 너무 단정적이고 이분법적인 사고에 익숙하다. 나는 학생들에게 독서 지도를 하면서 변증법적 사고를 강요하거나 작품의 이해와 분석에 그 방법을 억지로 적용하려고 하지 않았다. 도식적인 변증법 설명이 자유로운 사유 과정을 방해할 수 있다는 생각 때문이었다. 그 대신 문학 작품을 통해 자연스럽게 터득하도록 신경을 썼다.

프러시아(프로이센)는 나폴레옹에 의해 국토가 유린당한 후 교육으로 국가부흥과 근대화를 이룩하려고 했다. 프로이센 정부의 강력한 희망에 의해 헤겔은 피히테 후임으로 베를린 대학 정교수로 초빙되었다. 그의 명성을 알고 모인 수많은 청중에게 행한 그의 개강 연설은 지금 우리에게도 그대로 유용하다고 할 수 있다.

그는 청년은 인생의 아름다운 꽃봉오리의 시기이며, 편협한 목적에 결박된 사상에 구애받지 말고, 이해관계에도 좌우되지 말고 자유롭게 학문연구를 할 수 있어야 한다고 말했다. 그는 영원한 가치에 대한 깊은 신앙, 진리 탐구의 열정을 강조했다. 진리는 완전히 완성된 원리를 긁어모은 것이 아니다. 그것은 역사적 과정, 즉 인식의 낮은 단계에서 높은 단계로의 이행이다. 진리를 향한 운동이란 스스로 만들어낸 결과를 항상 비판하고 극복해 나감으로써 전진하는 과학 그 자체의 운동이라고 말했다.

도스토예프스키의 두 소설

도스토예프스키는 N. 베르쟈예프의 말대로 위대한 예술가였을 뿐만 아니라, 위대한 사상가, 위대한 환상가이기도 했다. 그는 천부적인 변증론자이며 동시에 훌륭한 형이상학자였다. 그의 사상은 감탄할 만한 변증법적 과정을 거치며 도도한 장강처럼 거침없이 흐른다. 변증법은 그의 예술에서 중요한 요소로 작용한다.

그의 사상은 화염이 이글거리는 불꽃과 같다. 도스토예프스키의 내면에는 변증법의 창시자라 할 수 있는 헤라클레이토스의 입김이 서려 있다. 모든 것은 불이며, 운동이며, 대립이며, 항쟁이다. 그의 작품은 불길 같고 거세게 몰아치는 파도 같고, 다이너마이트 같은 파괴력이 잠재되어 있다.

도스토예프스키는 엄청난 폭발력으로 주위 사물을 파괴한다. 그러나 그곳에서는 항상 새로운 생명이 돋아난다. 그가 제시하는 관념의 세계는 플라톤이 보여주는 것과는 다르다. 도스토예프스키의 소설은 사상의 향연장이고, 그는 불꽃처럼 끊임없이 움직이면서도 변증법적으로 새롭게 형성되는 세계를 보여주고 있다.

그의 작품 속에 나타나는 혼돈과 무질서, 인간성의 다양한 모순, 악마적 본성은 생성을 위한 긍정으로 나아간다. 그는 인간 정신의 비극을 최후까지 추적하면서 궁극에는 인간을 정화한다. 도스토예프스키 작품을 읽으면 고뇌의 심연과 함께 정신의 희열과 구원, 해방을 동시에 경험하게 된다.

『카라마조프가의 형제들』

도스토예프스키의 『카라마조프가의 형제들』에 나오는 등장인물들은 변증법의 각 단계를 포함하지만 여러 단계가 중첩되면서 복잡하다. 첫째 아들 드미트리는 현직 장교지만 술과 도박을 좋아한다. 열정과 욕망이 가득하고 명예심도 높다. 그는 욕망을 자제하지 못해 잘못을 저지르고, 그

수치심으로 심리적 갈등을 일으킨다. 금전과 여자 문제로 아버지 표드르와 갈등한다. 드미트리는 러시아인의 욕망, 갈등, 명예 욕구 등을 상징한다.

둘째 아들 이반은 유럽인의 지식과 교양을 상징한다. 그는 "신도 불멸도 존재하지 않는다. 그러므로 모든 행동은 허용된다."는 논리를 설파한다. 그의 주장은 스메자르코프가 아버지 표드르를 살해하는 이론적 근거가 되었다. 이반은 이성과 논리를 상징한다.

셋째 아들 알렉세이는 선하고 착한 인물의 전형이다. 신에 대한 확고한 믿음이 있고, 구도자로서 몸을 바치려는 열정도 있다. 그는 유럽적 지성이나 욕망보다는 민중이 처한 현실적 삶을 잘 이해하고 있다. 그의 키워드는 선과 믿음, 삶의 질곡에 허덕이는 민중이다.

표드르의 사생아로 추정되는 스메자르코프는 끔찍할 정도로 사람을 싫어하고, 모든 사람을 경멸한다. 어린 시절 그는 고양이를 목 매달아 죽인 뒤 장례식 놀이를 할 정도로 악을 상징한다. 네 명의 아이를 낳은 아버지 표드르는 탐욕스러운 호색한으로 다소 성공한 지주다. 돈을 위해서는 자식과도 타협하지 않는다.

그의 내면에는 항상 추악한 욕망이 도사리고 있지만, 법정에서 검사의 말처럼 표드르는 '우리 시대에 흔히 볼 수 있는 아버지' 일지 모른다. 우리는 문득 그 사실을 깨닫고 전율하기도 한다. 카라마조프가의 형제들은 아버지가 가진 다양한 인간성을 특징적으로 물려받은 아버지의 독립된 분신이라고 할 수 있다.

『카라마조프가의 형제들』은 기본적으로는 법정 소설의 형식을 취하고 있지만, 오늘의 관점에서 보면 막장드라마다. 아버지의 여자를 빼앗으려는 아들, 형의 약혼자를 사랑하는 동생, 돈과 여자 문제로 이성을 잃은 아들을 함정에 빠뜨리려는 아버지, 그 아버지를 구둣발로 짓밟는 아들, 아버지를 살해하는 사생아 등 등장인물이 보여주는 행동은 그야말로 막장 중의 막장이다.

그러나 이 소설은 인간과 인간 사회에 대한 깊은 통찰을 담고 있다. 인간에게는 선과 악, 욕망과 탐욕, 순수한 신앙과 얼음처럼 차갑게 빛나는 이성 등 다양한 요소들이 인간 사회라는 흙탕물 속에 뒤죽박죽으로 섞여 있다.

모든 등장인물, 모든 상황은 변증법에서 말하는 즉자적, 대자적, 즉자·대자의 단계를 시시각각으로 드러낸다. 그러나 변증법적인 전개 과정은 단선적이고 단순하지 않다. 프로이트가 도스토예프스키 소설에는 심리학의 모든 요소가

다 포함되어 있다고 말하는 그 복잡함과 복합성이 바로 도스토예프스키 소설의 장점이자 위대함이다.

특히 이반의 극시 형태로 전개되는 '대심문관'은 단연 압권이다. 무신론적 사회주의와 기독교, 인간 자유의 문제 등을 다루고 있는 '대심문관'은 이 소설의 정점이며, 변증법의 최정상을 이루고 있다. 그는 이 부분에서 고차원적인 변증법적 방법을 통해 반역하는 무신론자 이반 카라마조프의 영혼 속에 그리스도의 찬가가 숨겨져 있음을 보여주며, 무신론적 사회주의와 기독교, 인간 자유의 문제를 독창적으로 설명하고 있다.

도스토예프스키는 『카라마조프가의 형제들』에서 인간은 죄를 범할 수밖에 없고, 죄에는 벌이 따르고, 벌은 고통스럽다는 점을 보여준다. 그러나 이런 상황 속에서 어떻게 구원을 얻고, 희망을 가질 수 있을까를 제시한다. 그가 제시하는 핵심 해결책은 '사랑'이다. 조시마 장로는 괴로워하는 여인에게 "부인 가까이에 있는 사람들을 끊임없이 사랑하도록 노력하십시오."라고 말한다. 사랑의 실천만이 괴로운 삶에서 벗어날 수 있는 길임을 제시해 준다.

사랑을 통한 구원은 이 소설 전체를 관통하며 수없이 반복된다. 소설 전편을 통해 반복되는 신과 인간, 지상과 천상, 선과 악, 신앙과 자유, 사회주의적 무신론과 기독교, 빵과 자유 등의 문제는 서로 대립하고 충돌하면서 궁극에는 고차원적이고 변증법적인 지양의 과정을 통해 출구를 찾게 된다.

『악령』

극단적인 이념에 사로잡힌 자를 이념 논쟁으로 설득하는 것은 거의 불가능하다. 머리보다 가슴으로 느끼게 해 주는 문학작품이 훨씬 효과적일 수 있다. 우리 사회는 지금 여러 분야에서 극단적인 대립과 갈등이 사회 발전을 가로막고 있다. 나는 우리가 모두 도스토예프스키의 『악령』을 다시 읽으며 오늘의 현실을 냉정하게 생각해 보는 기회를 가지면 좋겠다고 생각한다.

냉혈과 광기의 혁명가인 세르게이 네차예프(1847-1882년)가 제네바 도피 중에 아나키스트 혁명가 바쿠닌과 함께 작성한 '혁명가의 교리문답'은 다음과 같은 냉혹한 행동강령으로 시작한다.

"혁명가는 불행한 운명에 갇힌 사람이다. 혁명가는 자기만의 관심사도 없고, 일도, 감정도, 애착도, 재산도 없다. 심지어 그에게는 이름도 없다. 혁명가의 관심을 사로잡는 것은 오직 하나, 모든 사고와 열정을 사로잡는 혁명뿐이다. 자신에게 엄격한 혁명가는 다른 사람에게도 엄격해야 한다. 혁명가는 혈육의 정, 우정, 사랑, 고마움, 심지어 존경심까지 포함하여 사람을 나약하게 만드는 모든 감정을 혁명의 대의를 향한 냉혹한 열정으로 제압해야 한다. 혁명가의 동지는 혁명성을 행동으로 보여주는 사람이다. 우정조차도 혁명을 위한 쓸모에 의해 결정된다. 혁명가는 공적인 신분질서 세계를 파괴하기 위해 그곳에 침투한다. 이때 다른 사람으로 위장한다."

러시아의 소읍 출신인 네차예프는 상트페테르부르크대학 청강생 신분으로 학생운동에 참여하면서 주목받기 시작했다. 혁명을 위해서라면 모든 것을 바쳐야 한다는 그의 편집광적인 열정과 악마적 마력이 미하일 바쿠닌을 비롯한 러시아의 걸출한 혁명가들을 사로잡았다.

그의 참모습은 1869년 동료인 이바노프가 네차예프의 독재적인 방식에 회의를 품고 조직을 떠나려 하자 다른 동료들과 공모해 그를 잔인하게 죽인 사건에서 적나라하게 드러난다. 그는 혁명동지 이바노프를 혁명의 대의를 위해 살해하여 러시아 사회를 발칵 뒤집어 놓았다. 네차예프는 모사꾼이자 사기꾼이었고, 복수의 화신이자 피에 굶주린

범죄자였다. 네차예프가 보여주었던 범죄성과 사악함을 러시아어로는 '네차예프시나' 라고 한다.

네차예프의 삶과 행적을 살펴보면 급진적이고 과격한 운동이 보여주는 일그러진 모습들을 잘 이해할 수 있다. 물론 네차예프시나(네차예프식 만행)가 좌파의 전유물만은 아니다. 네차예프시나의 원조는 마키아벨리즘과 예수회이며, 절대왕정 이래 우파와 파시즘, 전후 메카시즘 등에서도 일상적으로 구사하고 있는 전략이다. 극좌, 극우 모두 목적 달성을 위한 수단은 서로 비슷하며, 어느 쪽이나 네차예프적 강박관념과 유혹에서 벗어나지 못한다. 이는 오늘날에도 마찬가지다.

도스토예프스키가 『악령』에서 창조한 불길한 인간형 베르호벤스키는 실존 인물인 네차예프를 모델로 삼았다. 이 소설은 비정한 혁명가 집단이나 잘못된 사회주의 사상을 단순하게 비판만 하는 것만은 아니다. 『악령』은 역사적 변혁기에 무자비하고 비인간적인, 어설픈 관념에 사로잡힌 노예들, 즉 악령에 사로잡힌 인간 군상들을 통해, 이런 악령에의 홀림이 얼마나 잔혹한 비극을 낳는가를 가슴으로 잘 느끼게 해 준다. 소설 『악령』은 시대를 건너뛰어 오늘의 우리에게도 의미심장한 교훈을 주고 있다.

도스토예프스키는 『악령』을 통해 러시아 사회에 팽배해 있던 허무주의를 파헤쳤다. 서구적 합리주의와 무신론으로 민족 정체성이 무너지고 있던 러시아를 바라보며 도스토예프스키는 악령처럼 떠돌다 상호 배신으로 죽어가는 무수한 인간 군상들을 적나라하게 그려냈다.

나는 흑백논리와 이분법적인 편 가르기가 유행하던 시절 학생들에게 도스토예프스키를 읽혔다. 인간이 얼마나 깊고 이해하기 어려운 존재인가, 인간 사회란 겉보기와는 다르게 얼마나 복잡한가. 냉혹한 혁명이 이상적인 사회를 만드는 것이 아니라는 사실을 보여주기 위해 이 길고도 어려운 『카라마조프가의 형제들』과 『악령』을 읽혔다.

이 소설을 인내하며 읽은 학생들이 한참 세월이 지나고 나서 말했다. "이 소설을 읽으며 다양한 인물 유형을 알게 되었습니다. 사회정의와 혁명, 신앙과 인간 자유, 선과 악, 사회주의적 무신론과 기독교, 빵과 자유 등의 문제는 한마디로 정의 내리기 어려워 시간을 두고 생각하며 다양한 관점에서 접근해야 한다는 사실을 깨닫게 되었습니다. 인간과 인간 사회에 대해 너무 쉽게 함부로 말하지 않아야겠다는 생각도 많이 했습니다.

독서가 주는 희열을 맛보기 위해서는 엄청난 인내심과

지구력이 필요하다는 사실도 알게 되었습니다. 러시아 소설, 특히 도스토예프스키 소설은 처음 100쪽 정도를 읽는 데 힘이 드는 것 같습니다. 등장인물들의 이름을 외우기 어렵고 그 관계도 복잡하기 때문입니다. 그러나 처음의 어려움을 견디고 일단 줄거리에 빠져들게 되면 밤이 새는 줄 모르고 몰입할 수 있었습니다. 그게 도스토예프스키 읽기로 얻게 된 가장 큰 소득이자 기쁨이기도 했습니다."

혼돈에서
질서로

　　　　　　　칼릴 지브란은 "시는 마음속의 불꽃이고, 수사학은 눈송이다. 불길과 눈이 어떻게 하나가 될 수 있겠는가."라고 말했다. 장황한 말의 수사로 시를 완전히 설명할 수 없다는 말이다. 시는 번갯불의 섬광이고, 영혼의 비밀이고, 단숨에 전체를 꿰뚫어 보는 것이기 때문에 어설픈 수사로는 시의 부분밖에 이해할 수 없다는 것이다. 그래도 우리는 시를 해설하고 분석한다. 그런 작업이 시가 담고 있는 미처 알지 못한 부분들을 밝혀 줄 수 있기 때문이다.

모든 예술은 일차적으로 직관적, 정서적, 주관적으로 수용하는 것이 바람직하다. 지나친 지적·논리적 접근은 작품이 가지는 예술적 생동감을 훼손할 수 있기 때문이다. 루소는 아동기에는 '감성 교육', 그 이후 소년기, 청년기까지는 '이성 교육'에 중점을 둬야 한다고 말했다.

감성과 이성은 상호 배타적인 관계가 아니라 선후의 문제다. 감성은 이성의 발달에 전제되는 기초이고, 이성은 감성의 성숙 단계이기 때문에 둘은 필연적인 협력관계에 있다. 교사는 학생에게 지식을 주입하기보다는 지적 호기심을 자극하여 진리 추구의 방법을 스스로 찾을 수 있도록 도와주는 것이 바람직하다. 루소는 틀에 박힌 교육을 거부하고 개인의 잠재력과 개성을 그 무엇보다도 강조했다.

청소년기에는 차가운 이성과 논리보다는 섬세한 감성과 뜨거운 감동, 온몸을 전율하게 하는 도취의 경험이 중요하다. 독서의 즐거움과 작품 읽기를 통한 감동을 맛보지 못한 아이들에게 딱딱한 논리와 형식적인 글쓰기를 가르치는 것은 옳지 않다. 가능성의 총체인 아이들에게 편협한 편 가르기와 흑백논리, 일방적인 가치관을 주입하면 그들을 정서적인 불구자로 만들 수 있다. 가슴 뭉클한 감동과 도취를 경험하지 않으면 그 어떤 합리성과 논리의 추구도 결국에는 피로와 권태로 이어지기 쉽다. 감동과 감성은 논리나 이성보다 깊고 긴 여운을 남긴다.

아르놀트 하우저는 『문학과 예술의 사회사』에서 "모든 예술은 혼돈과의 유희이자 혼돈에 대한 싸움이다. 예술은 언제나 혼돈을 향해 점점 더 위태롭게 다가가서 더욱더 넓은 정신의 영토를 그로부터 건져오는 작업이다."라고 했다. 도스토예프스키의 『카라마조프가의 형제들』과 『악령』은 혼돈과의 유희, 혼돈과 싸움을 동시에 보여주고 있다. 인물과 사건이 보여주는 그 모든 단계는 복잡하게 얽혀 있고, 궁극적으로는 그 모든 요소가 상호작용하여 변증법적인 지양을 통해 새로운 사상, 가치관, 질서를 생성한다.

젊은 날에는 논리보다는 문학작품이 주는 감동을 통해 지적, 정서적 훈련을 하는 것이 더 바람직하다. 우리 모두는, 특히 젊은 날에는 다양하고도 깊은 혼돈을 경험하며, 그 속에서 지성과 감성의 영역을 넓혀야 한다. 그런 혼돈(chaos) 다음에 찾아오는 질서(cosmos)의 경험이 차원 높은 사고력과 창의성으로 연결되기 때문이다.

참고한 책

· 아르놀트 하우저, 백낙청, 염무웅, 반성완 역,『문학과 예술의 사회사』, 창비, 2016.
· 조셉 보그스, 이용관 옮김,『영화보기와 영화읽기』, 제3문학사, 1991.
· 칼 세이건, 홍승수 옮김,『코스모스』, 사이언스북스, 2004.
· 로버트 루터번스타인, 미셸 루터번스타인, 박종성 옮김,『생각의 탄생』, 에코의 서재, 2007.
· 한단석,『헤겔철학 사상의 이해』, 한길사, 1985.
· 윤영만,『강좌철학』, 세계, 1985.
· 황세연 편역,『변증법이란 무엇인가』, 중원문화, 1984.
· N. 베르쟈예프, 이경식 역,『도스토예프스키의 세계관』, 현대사상사, 1979.
· L. 세스토프, 이경식 역,『도스토예프스키, 톨스토이, 니체』, 현대사상사, 1987.
· 도스토예프스키,『카라마조프 가의 형제들』, 민음사,『악령』, 열림원 등 참고.
· 장자크 루소, 정병희 역,『에밀』, 동서문화사, 2007.
· 윤일현,『부모의 생각이 바뀌면 자녀의 미래가 달라진다』, 학이사, 2009.
· 윤일현,『시지프스를 위한 변명』, 학이사, 2016.

학습 능력 향상과 연결되는 책 읽기

교육이 어느 방향으로 인간을 출발시키느냐에 따라 그 사람의 장래가 결정된다.

- 플라톤, 『국가론』 중에서

4차산업혁명 시대와 코로나19 이후의 생존전략에 관한 글들이 쏟아져 나오고 있다. 다양한 필자들이 기존의 낡은 교육 방식으로는 미래를 대비할 수 없다고 목청을 높인다. 한때 교육 막장 드라마 〈SKY 캐슬〉이 선풍적인 인기를 끌었다. 이율배반이다. 혼란스러워하는 학부모들이 근심 어린 표정으로 묻는다. 우리는 어디로 가고 있으며, 어떻게 해야 하는가? 이 문제를 설명하기 위해서는 먼저 우리 사회의 비정상적인 교육 열기와 왜 그럴 수밖에 없는가를 살펴볼 필요가 있다.

　SKY 캐슬로 상징되는 최상류층은 피라미드의 정점에서 누리는 부와 권력, 명예를 확실하게 세습하기 위해 수단과 방법을 가리지 않고 자녀교육에 집중적으로 투자한다. 중상류층은 피라미드의 정점에 다다르기 위해 교육에 올인한다. 중하위층은 계층상승과 생존을 위해 허리띠를 졸라매고 감당하기 어려운 희생을 감내한다.

　입시제도와 시험의 유형, 문제의 난이도에 관한 생각은 자신이 속한 계층에 따라 서로 다르다. 최상류층은 수시가 복잡하게 확대되고 수능 문제가 쉬우면 유리하다. 수시전형 방법이 복잡해지면 교과 성적 외적인 요소가 당락에 크게 작용하기 때문이다. 교과 성적을 정량평가하는 학생부교과전형보다는 정확하게 수치화하기 어려운 정성평가 위주의 학생부종합전형은 가진 자들에게 더욱더 많은 통로를 제공한다. 학생부종합전형은 9등급으로 평가되는 학교생활기록부의 교과 성적보다는 학생의 잠재력, 창의력, 특기, 소질, 주된 관심사 등을 두루 평가해 신입생을 선발하는 제도다.

미국은 1920년대에 입학사정관제를 도입하였으며 많은 시행착오를 거쳐 정착되었다. 'SAT(대학수학능력시험) 점수가 60점 이상 차이가 나야 비교 대상 학생 간 실력 차이가 난다.'는 버클리 대학의 입학사정관 지침서 내용을 보면 입학사정관제(학생부종합전형)의 취지를 잘 알 수 있다. SAT 점수 몇 점으로 당락을 결정하지 않겠다는 의미다.

교과 성적과 수능점수에 의한 한 줄 세우기를 지양하고 성장 가능성을 보고 학생을 선발한다는 취지를 살리면서도 공정성과 투명성이 보장된다면 학생부종합전형은 학생과 학부모들로부터 신뢰를 받을 수 있으며, 사교육 억제와 공교육 정상화에 크게 기여할 수 있다. 입학사정관제를 처음 도입한 미국에서조차 이 제도는 대학이 특정 인종을 배제하고 원하는 학생들을 골라 뽑기 위한 수단으로 악용된다는 논란을 불러일으켰다.

이 제도가 도입될 당시인 1922년에 하버드 대학은 유대인 합격 비율이 21.5%, 1918년 콜롬비아 대학은 그 비율이 40%에 육박했다. 이 비율을 낮추기 위해 명문대학들이 시험성적이 아닌 인성, 리더십, 과외활동, 봉사 활동 등을 반영하는 새로운 선발 방식을 만들었다는 주장이 제기되었다.

우리나라에서도 학생부종합전형을 비판하는 사람들은 명문대들이 수능점수로는 원하는 대학에 들어갈 수 없는 가진 자들 자녀에게 또 다른 길을 열어주는 금수저 전형이라고 주장한다. 학생부종합전형이 도입된 이후 서울대를 비롯한 최상위권 대학의 수시 합격자 절대다수가 특목고, 자사고, 외국어고 출신이다.

실상이 이러하니 비교과 영역 전반을 관리해 준다는 신종 고급 과외 시장이 형성되고, SKY 캐슬 같은 드라마가 나온 것이다. 조국 전 법무부 장관 자녀의 입시 비리 의혹에 수많은 사람이 분개하는 이유는 정성평가 위주의 학생부종합전형이 결국은 불공정한 금수저 전형이라고 생각하기 때문이다.

미국도 입학사정관제를 정착시키기까지 수많은 시행착오를 겪었다. 대부분의 미국 명문대학에서는 수십 명에 달하는 훈련된 전문 입학사정관들이 일 년 내내 선발 활동을 하고 있다. 훈련된 전문 요원이 절대적으로 부족한 우리 대학들이 단기간에 수백, 수천 명을 심사하여 창의력과 잠재력을 가진 학생을 뽑는 데는 많은 어려움이 있을 것이다.

이 제도의 공정성과 투명성을 의심하는 사람들은 학생부종합전형은 출발부터 사회경제적 배경이 다른 특목고, 자사고, 외고 학생들에게 유리할 수밖에 없다고 주장했다. 단기간에 우수한 학생을 변별하기 위해 대학은 출신 고교에 따라 점수를 달리 주는 고교등급제를 암암리에 적용했다.

비교과 영역은 돈과 정보를 가진 자가 절대적으로 유리하다. 이 사실을 너무나 잘 알고 있기 때문에 진보든 보수든 가진 자들은 자기 아이는 특수 목적고에 입학시킨 후 명문대에 진학시키고, 일반 대중을 향해서는 학벌 철폐와 특목고 폐지를 주장하는 야누스적 태도를 보이는 것이다.

'입학사정관제의 공정성 확보 방안'이란 논문에서 광주대 박남기 교수는 "공정성에 대한 사회적 신뢰를 확보하지 못하면 이 제도는 정착되기 어렵다. 국가적 차원에서 국민이 납득할 만한 신뢰성 있는 제도적 장치를 고안해야 한다."라고 지적했다.

쉬운 수능 문제도 가진 자에게 유리하다. 예전의 본고사처럼 문제가 어려우면 어떤 사교육으로도 효과를 볼 수 없는 학생이 있다. 반면에 문제가 쉬우면 실수하지 않도록 반복 학습하며 철저하게 관리하면 명문대 문턱을 넘는 것이 그렇게 어렵지 않다. "내 돈을 마음껏 써도 좋다. 다만 손자 손녀를 SKY 대학과 이화여대에 반드시 입학시켜라." 부잣집 할아버지가 며느리에게 한다는 말이다. 할아버지가 무한정으로 지원해 주는데도 아이들을 명문대에 입학시키지 못하는 것이 신종 칠거지악에 해당한다는 말이다.

대구 수성구 범어도서관에서 나는 유난히 어려웠던 수능 국어 문제를 분석하며 '책 읽기와 문학교육을 통한 미래의 길 찾기'를 주제로 두 번 특강을 했다. 140석 규모의 강당에 350여 명이 예약했다. 강연을 마치자 많은 사람이 어려운 국어 문제에 대비하기 위해서는 어떻게 공부해야 하며, 교과 성적 향상과 직결되는 독서는 어떤 방식으로 해야 하는가에 관한 질문을 쏟아냈다. 문학인들도 우리 사회의 실상을 제대로 알 필요가 있다.

수능시험에 대한 근본적 성찰,
국어 '비문학' 왜 어려운가?

국어 문제가 지나치게 어렵다는 논란이 계속되고 있다. 국어 시험에서 문학과 독서는 공통이고 화법과 작문, 언어와 매체 중 하나를 선택해야 한다. 학생들은 '비문학'이라고 하는 '독서' 영역을 특히 어려워한다. 국어 때문에 원하는 대학과 학과에 지원 못 하는 일이 실제로 많이 일어난다. 상당수의 학생은 국어 때문에 수시모집 최저학력기준을 충족시키지 못했고 정시에서도 원하는 대학에 갈 수 없었다. 입시에서 특정 과목의 영향력이 너무 커지면 입시가 왜곡된다. 공대나 수학과 같은 자연계 학과들이 수학보다 국어에 의해 당락이 결정된다면 불합리하다는 말이다.

국어 문제가 어려운 것이 좋다는 사람도 많다. 과학과 인문학이 융합된 지문, 소설과 시나리오가 융합된 지문을 응용하여 만든 문제는 생각을 많이 해야 풀 수 있기 때문이다. 우리 수험생들이 종합적인 추론 능력과 사고력을 요구하는 이런 문제를 왜 그렇게 어려워하는가? 그 원인에 대한 성찰이 필요하다. 지금 인문계 수험생들은 과학을, 자연계 수험생들은 사회 과목을 제대로 공부하지 않는다.

인문계 수험생들도 사회 9과목 중에서 공부하기 쉬운 두 과목만 선택하면 된다. '경제' '법과 정치' '세계사' 같은 과목은 어렵고 범위가 넓어 기피하는 경향이 뚜렷하다. 이렇게 공부하는 인문계 학생들에게 폭넓은 상식과 교양을 기대하기는 어렵다.

자연 계열 학생들은 물리, 화학, 생명과학, 지구과학을 각각 Ⅰ, Ⅱ로 나눈 총 8과목 중에서 두 과목만 선택하면 된다. 절대다수의 자연계 학생들은 과학Ⅱ와 물리를 기피한다. 공대 가는 학생도 물리를 하지 않고, 의대 가는 학생도 지구과학을 선택하는 경우가 많다.

더 큰 문제는 인문계 수능에는 공통과학 같은 과목이 없고, 자연계에는 공통사회가 없다. 그러다 보니 인문계 학생들은 자연과학 지문이 나오면 이해하지 못하고, 자연계 학생들은 인문 사회학 관련 지문이 나오면 이해를 못 한다. 물리 지문이 나오면 인문 자연 계열 모든 학생이 힘들어한다.

지금 우리는 문제의 난이도를 따지기 전에 인문계 학생에게는 자연과학적 소양이 부족하고, 자연계 학생에게는 인문 사회학적인 소양이 부족하다는 사실을 지적해야 한다. 왜 그럴 수밖에 없느냐에 대한 성찰 없이 문제 난이도와 학생들의 학력 저하를 이야기하는 것은 주객이 전도된 논란이다.

지금 우리 교육은 인문, 자연계를 너무 확연히 구분하여 지적인 불균형 상태를 조장 내지 방조하고 있다. 현행 제도는 인문 자연계를 구분하지 않고 있다. 그러나 대학이 특정 과목을 못 박아 요구하기 때문에 실제로는 계열을 구분하여 공부하지 않을 수가 없다. 그러면서도 4차 산업혁명의 급속한 진전에 대응하기 위해서는 장르 간의 벽 허물기, 통섭이 중요하다고 강조한다. 시험 과목을 줄이면 과연 학습 부담이 경감되고 사교육비가 줄어드는가. 그렇지 않다는 것은 여러 경로를 통해 확인되고 있다.

국어 시험에서
고득점 하려면

수능 국어 문제 상당수는 교실 수업이나 학원 수업으로 해결할 수 없다. 평소 문제은행식 모의고사에서 고득점 하는 학생이 실제 수능시험에서는 힘을 못 쓰는 경우를 자주 본다. 다소 산만한 것 같지만 책 읽기를 좋아하고 잡다한 것에 호기심이 많은 자유분방한 학생이 예상외로 실제 시험에서 고득점 하는 사례가 많다.

국어는 독서를 해야 한다는 사실이 누누이 지적되고 있지만 이를 생활 속에서 실천하는 학생은 많지 않다. 국어 문제집을 푸는 것은 공부지만 책을 읽는 것은 공부라고 생각하지 않는 풍토 속에서 입시 공부를 하기 때문이다. 학교에서 소설책을 읽으면 압수당하기도 하는데 이게 우리의 현실이다.

국어 고득점을 위한 3대 요소는 언어 감각, 독해력, 읽는 속도다. 이 세 가지 능력은 독서를 통해 배양된다. 언어 감각과 독해력이 없으면 아무리 많은 문제집을 풀어도 점수가 나오지 않는다. 문학작품에서 많이 틀리는 학생은 독서를 통한 작품 감상 능력을 배양하지 못했다는 공통점을 가진다. 언어 감각과 독해력만 있으면 몇 권의 문제집만 풀어보아도 풀이 요령을 쉽게 터득할 수 있다.

국어 시험은 분석적 책 읽기를 통한 기교보다는 독서를 통해 배양되는 종합적인 문해력, 직관력, 상상력, 추리력을 갖춘 학생이 절대적으로 유리하다. 과거 부모 세대는 교과서에 나오는 시를 제대로 감상하지 않고 자습서에 나오는 해설만 읽어도 점수가 나왔다. 지금 수능 문제는 그런 단편적인 지식보다는 작품 감상을 제대로 할 수 있어야 답을 찾을 수 있다.

국어 공부를 할 때 다음 방법을 적용해 보면 크게 효과를 볼 수 있다. 공부할 내용을 비교적 빠른 속도로 3번 이상 읽는다. 이때 자습서 같은 해설서를 미리 읽으면 안 된다. 여러 차례 읽고 난 후, 잘 모르는 낱말이나 어렴풋하게 아는 낱말에 밑줄을 치고 국어사전으로 그 뜻을 찾아 정리한다. 그런 다음 수업을 듣고 복습한 후 맨 마지막에 문제집을 풀어야 한다. 어떤 글을 읽든 작품 해설을 보지 말고 자신의 느낌을 먼저 확인해 보는 것이 중요하다.

성적 향상과
직결되는 책 읽기

학생들은 공부한 시간과 학습량에 비례하여 성적 향상이 있으리라 생각한다. 아니 그렇게 되기를 기대한다. 그러나 공부를 해 본 사람은 안다. 어떤 과목은 아무리 반복 학습해도 성적 향상이 일어나지 않는다는 사실을. 공부한 만큼 성과가 있다면 밤을 새워도 행복한 수험생이 많을 것이다. 교과서를 반복해서 읽고 많은 문제를 풀어 보아도 기대하는 변화가 일어나지 않을 때, 한없이 피곤하고 힘이 빠진다. 그로 인한 절망감과 무력감은 학생이 모든 의욕을 잃게 한다. 교과서를 읽을 때, 문제집을 풀 때, 조금이라도 발전할 수 있는 학습법은 없을까? 생산적인 책 읽기란 과연 무엇인가? 책 읽기를 글쓰기와 자연스럽게 연결할 수 있는 묘책은 없을까?

일반적으로 한 번 틀린 문제는 거듭 틀리기 쉽고 처음에 제대로 공부하지 않은 단원은 두 번째 볼 때도 대충 넘어가기가 쉽다. 일정 시간 투자해도 성적 향상이 일어나지 않는다면 무턱대고 반복 학습만 할 것이 아니라 그 과목에 대한 자신의 학습 성향을 면밀하게 분석해 보아야 한다.

교과서나 참고서에 밑줄을 긋고 여백에 보충 내용을 빼곡하게 적는 학생들이 많다. 복습할 때 쉽게 요점을 찾을 수 있고 다른 책을 참고할 필요 없이 한 권으로 모든 것을 해결하기 위해서다. 그러나 책에 수업 내용을 빡빡하게 적어 넣고 밑줄을 치며 표시하는 행위가 실제로는 학습의 생산성을 떨어뜨릴 수도 있다. 책에 많이 적고 잡다한 표시를 해두면 다시 읽을 때 사고를 확장하고 다양한 의문을 품기가 어렵다.

그렇다면 책에 아무 표시도 하지 않고 깨끗하게 비워두는 것이 좋은가? 학업 성취도가 높은 학생들을 상대로 다음과 같은 실험을 해 보았는데 아주 효과가 좋았다. 한 집단의 학생들에게 동일 과목 교과서를 두 권씩 준비하게 했다.

한 권은 수업 중에 마음껏 적고 밑줄을 치게 했다. 복습할 때 처음에는 선생님의 설명을 받아 적은 책으로 공부하게 했다. 그다음에는 아무것도 적지 않은 깨끗한 책을 읽으며 다양한 질문을 하게 했다. 이런 과정을 거친 후에 형성평가를 했다. 틀린 문제들에 대해서는 기본 원리와 개념을 다시 확인하게 했다. 그런 식으로 공부한 후 다시 한번 교과서를 읽고 최종적으로 정리하게 했다. 실험에 참여한 학생들 대부분이 그 단원을 완전 학습했다는 확신을 하게 되었다.

영어책으로 이 방법을 적용해 보면 그 효과를 더욱더 쉽게 확인할 수 있다. 한 권에는 모르는 단어의 뜻과 어려운 구절 해석 등을 적도록 허용하고, 한 권은 깨끗하게 비워두었다. 자유롭게 필기한 책으로 복습한 후 아무것도 적지 않은 책을 다시 읽으며 단어의 뜻이 생각나고 문장 해석이 되는지를 확인하게 했다.

국어나 사회 과목도 이 방법을 적용하면 효과를 볼 수 있다. 수학이나 과학에서 어떤 단원이 반복적으로 틀릴 때 문제를 많이 풀어 해결하려고 해서는 안 된다. 처음 접하는 자세로 그 단원의 기본 개념과 원리를 깊이 있게 공부하며 개념을 가지고 놀 수 있도록 해야 한다. 어떤 과목이든 '빨리 많이' 보다는 '제대로 정확하게' 가 더 중요하다. 가장 느린 방법이 가장 빠른 길이란 사실도 항상 기억해야 한다.

독해력 배양과
요약 능력

수능시험이 처음 도입되었을 때 논리 공부를 하지 않으면 언어영역과 논술고사에서 고득점을 할 수 없다는 점이 지나치게 강조되었다. 그러다 보니 참고서와 문제집에는 논리적 오류를 찾아내는 문제가 많았다. 독서와 논술을 다룬 각종 학습지와 참고서, 학원들은 분석적 책 읽기를 부추겼다. 이런 방식의 수업 때문에 학생들은 국어 공부에 흥미를 잃었다.

시나 소설 같은 문학 작품을 공부할 때 그 작품의 주제, 시대적 배경, 작품의 문학사적 의미 등을 기계적으로 암기하는 것은 수능시험에서 별로 도움이 안 된다. 특히 시는 시적 화자의 정서, 태도, 시어의 함축적 의미 등을 몸과 마음으로 공감하며 감상해야 한다. 상상력과 직관력, 추론 능력과 문제 해결 능력은 독서를 통해서 배양된다.

비문학 지문 해결 능력을 기르기 위해서는 읽고 요약하면서 주제와 중심 내용을 찾는 훈련을 해야 한다. 많은 학생이 자신의 느낌이나 견해보다는 참고서에 있는 해설과 설명이 무조건 더 옳다고 생각한다. 이는 잘못된 접근 방법이다. 참고서의 해설을 보기 전에 먼저 자신의 느낌이 어떤지를 확인하는 습관을 지녀야 한다. 자기 생각과 차이가 날 때는 그 이유를 따져보고, 그래도 납득이 되지 않으면 선생님께 질문하면서 같이 토론해 보는 것이 좋다.

다독과 정독,
분석의 궁극적 목적은 종합

책 속에 풍덩 빠져 몰입하는 독서를 해야 예민한 언어 감각이 개발된다. 그런 다음 내용을 여러 관점에서 분석하는 훈련을 하면 응용 가능한 논리력과 추리력 등을 기를 수 있다. 글을 읽고 이해하는 능력이 없으면 외국어는 말할 것도 없고 사회, 과학 문제를 풀이하는 데도 어려움을 겪게 된다. 읽기 능력은 모든 과목을 잘하기 위한 전제 조건이다.

우리는 균형 잡힌 다독과 정독을 통해 독해력과 어휘 실력을 기를 수 있다. 참고서의 해설과 문제 풀이만으로는 다양한 상황에 탄력적으로 대처할 수가 없다. 많이 읽으면 독해력뿐만 아니라 읽기와 쓰기 등 모든 것들이 동시에 좋아진다. 책을 읽을 때는 숲과 나무를 동시에 보는 훈련을 해야 한다. 수험생들도 문제를 많이 풀기보다는 주기적으로 고전 작품을 읽는 시간을 가져야 한다. 다양한 독서로 기초가 확립되어 있으면 문제 풀이 요령은 더 쉽게, 단기간에 습득할 수 있다.

글을 천천히 읽는다고 이해도가 높아지고, 빨리 읽는다고 이해도가 떨어지는 것은 아니다. 적절한 속도로 읽을 때 단어와 단어, 문장과 문장 사이의 관계가 더 유기적으로 연결되고, 전체 내용은 더 잘 이해된다. 속독 훈련이 필요한 것은 아니다. 지나치게 정독을 강조하며 느리게 읽는 것도 문제가 된다. 글의 종류와 읽는 목적에 따라 속도를 조절할 수 있는 능력이 더 중요하다. 이런 능력은 다독과 정독을 되풀이하는 과정에서 저절로 터득하게 된다.

글을 읽다가 새로운 어휘를 만나면 반드시 찾아보는 습관을 들이는 것이 좋다. 그렇다고 모르는 단어가 나올 때마다 사전을 찾을 필요는 없다. 그렇게 하면 책 읽기의 즐거움이 크게 줄어든다. 모르는 단어가 나오면 밑줄만 치고 그 뜻은 문맥 속에서 유추해 보려고 노력하고, 다 읽고 난 뒤 줄 친 단어를 찾아보는 것이 바람직하다. 영어사전을 활용하지 않으면 영어 실력이 향상되지 않듯이 국어사전을 활용하지 않으면 정확한 언어 구사와 국어 고득점은 기대하기 어렵다.

형광펜과 독서

많은 사람이 책을 읽을 때 형광펜으로 중요한 부분에 밑줄을 친다. 다시 볼 때 전부 다 읽지 않고도 핵심 부분을 쉽게 찾을 수 있기 때문이다. 형광펜과 독서의 생산성에 관한 연구를 살펴보면 형광펜이 창의적이고 생산적인 독서에 장애 요인으로 작용할 우려가 있다는 견해가 우세하다.

형광펜으로 밑줄을 그어 놓으면 다시 읽을 때 그 부분만 보게 되어 처음 놓쳤던 부분을 거듭 지나칠 가능성이 높다. 밑줄을 친 부분에 시선이 집중되면 처음에 받았던 느낌이나 생각이 그대로 다시 떠올라 새로운 질문을 제기하거나 진전된 사고를 전개하기가 어렵다. 특히 시집은 아무 표시를 하지 않고 읽는 것이 직관력과 상상력, 창의력을 배양하는 데 도움이 된다.

특정 정보를 단순히 암기하는 것이 주된 목적이라면 형광펜은 도움이 될 수 있다. 시각적 효과를 살려 핵심 내용을 눈에 확 들어오게 표시해 두면 학습 시간을 단축할 수 있다. 수업 시간에 형광펜을 활용하게 하는 사람이 많다. 시각적인 효과를 이용하여 무엇을 유형화하고 도식화하는 데 도움이 되기 때문이다. 거듭 강조하지만, 형광펜 사용이 모든 경우에 효과적인 것은 아니다. 형광펜은 깊이 있는 독서를 방해할 수 있다.

젊은 날의
독서

어떤 일에서든 즐거움을 추구하는 행위 자체가 비도덕적인 것은 아니다. 그러나 지적인 희열과 그것이 주는 충만감이 가장 가치 있고 지속적인 즐거움을 준다는 사실을 젊은 날 경험으로 깨달을 필요가 있다.

젊은 날의 독서란 저수지에 물을 가두는 것과 같다. 장마철에는 이 골 저 골에서 많은 물이 흘러들어 와야 한다. 흙탕물이라도 상관없다. 세월과 더불어 정화되기 때문이다. 여름날에 가득 채워 놓으면, 가을이 되면 스스로 깨끗해져서 맑은 물이 된다.

이때 수로를 따라 나오는 물은 여름날의 그 흙탕물이 아니다. 그 호수만이 가지는 독특한 향기와 깊이를 가진 물이 된다. 젊은 날 나의 머리와 가슴에 가득 채운 내용물은 세월과 더불어 나만의 것으로 숙성되고 발효된다.

글쓰기와
논술, 일기

논술과 글쓰기 능력의 배양은 구양수의 삼다三多에서 답을 찾을 수 있다. 다독多讀, 다작多作, 다상량多商量에 모든 해결책이 들어있다. 많이 읽고, 많이 쓰고, 많이 생각해야 한다는 뜻이다. 글쓰기 능력을 기르기 위해서는 첫째, 많이 읽어야 한다. 읽는다는 것은 구슬을 모으는 행위이다. 구슬 없이 목걸이를 만들 수는 없다. 우리는 구슬 모으기보다는 꿰는 법을 먼저 가르치려고 한다. 구슬만 있으면 꿰는 법은 더 쉽게 배울 수 있다. 둘째, 일기를 쓰자. 서술 능력과 문장력, 관찰력을 기르는 데 일기 쓰기는 크게 도움이 된다. 기록하고 묘사하는 것을 생활화하는 것이 좋다. 셋째, 신문과 잡지를 읽어야 한다. 우리는 신문과 잡지를 통해 다양한 정보를 얻게 되며, 당면한 이슈에 수준 높은 관심을 가질 수 있다. 넷째, 자기 논리를 객관적으로 확인하고 검증하는 습관을 지녀야 한다. 논술은 문제 해결 능력을 평가하는 시험이다.

독서와 사색을 통해 안목을 넓히면서 일반적인 통념이나 고정관념에서 벗어나려고 노력해야 한다. 인문계 학생은 사회 과목, 자연계 학생은 과학 과목에 나오는 기본 개념과 원리를 제대로 공부해야 한다. 인문 자연 논술 문제는 교과서에 근거하여 출제된다. 사회, 과학 교과서에 나오는 기본 원리가 사회 속에서 어떻게 적용되고 응용되는지에 늘 관심을 가지는 학생이 논술시험을 잘 친다.

과거에는 말수가 적고 자신을 적극적으로 드러내지 않는 것을 미덕으로 간주하였다. 표현력은 부족해도 국영수 지필고사에서 아주 높은 점수를 받는 학생들이 많았다. 그들은 명문대에 입학하여 학점관리를 잘했고, 졸업 후에는 고급 관료가 되거나 대기업에 취직할 수 있었다. 그들 대부분은 직장에서 조직의 방침에 말없이 순종했다. 그렇게 해야 승진할 수 있고 정년퇴직까지 고용이 보장되었다. 그 시절에는 자신의 견해를 적극적으로 드러내지 않는 것을 현명한 처세술로 간주하기도 했다.

지금은 표현의 시대다. 이제 자기 생각이나 견해를 말이나 글로 제대로 표현할 수 없다면 경쟁에서 살아남기가 어렵다. 일기 쓰기는 표현력과 사고력을 배양할 수 있는 가장 좋은 방법이다. 일기는 복잡한 현대 생활에서 자신의 마음을 다잡고 진정하게 하여 개성 없는 시대에 개성과 주체성을 가질 수 있게 해 준다. 일기는 일상성에 매몰되어 있는

정신이 잠드는 것을 막아 깨어 있게 해 준다. 일기는 정신의
카타르시스를 위해서도 좋다.

진정성의 위기와 독서,
『오이디푸스 왕』

　　　　　　　　어느 도서관에서 강연을 마치고 나
올 때 한 고교생 어머니가 "요즘 아이들은 부모 세대보다
너무 가벼운 책만 좋아합니다. 모든 것을 피상적으로 보며
진정성이 결여된 것 같습니다. 성적 향상을 위한 독서도 중
요하지만 혹독한 고뇌와 고통 속에서도 인간성을 지키고
진리를 추구하는 마음을 가지는 데 도움이 되는 책을 한 권
추천해 주십시오."라고 했다. 잠시 생각하다가 나도 모르게
소포클레스의 『오이디푸스 왕』이라는 말이 나왔다.
　전쟁이 일어나면 조국을 위해 싸우겠다는 십 대들이 일
본과 중국보다 압도적으로 적다는 설문조사가 나온 적이
있다. 우리 사회에는 내면의 아름다움보다는 겉치레, 실력
보다는 간판, 남과의 비교를 통한 상대적인 우월감과 행복
감의 확인, 고통이 수반되는 명분이나 가치보다는 일시적

인 쾌락과 안락의 추구, 남이야 어떻게 되든 내 가족만 무사하고 잘살면 그만이라는 극단적인 가족이기주의 등이 여전히 위력을 발휘하고 있다.

사회 곳곳에서 일상적으로 목격되는 진정성과 치열함의 결여는 우리 자녀들의 미래를 걱정하게 만든다. 이런 문제를 근본적으로 해결할 수 있는 가장 실효성 있는 방책은 범국민적인 독서 운동이다.

테베를 휩쓸고 있는 역병은 선왕 라이오스를 살해하고 어머니와 결혼한 자를 벌해야 없어진다는 신탁에 따라 살해자 수사가 진행된다. 어머니이자 아내인 이오카스테는 사건의 전모를 알기 때문에 오이디푸스가 더 비밀을 캐지 않기를 바란다.

그러나 오이디푸스는 자신의 파멸을 뻔히 알면서도 이오카스테의 만류를 뿌리치고 출생의 비밀과 자신이 아버지를 살해한 자라는 사실을 밝혀낸다. 이오카스테는 자살하고 오이디푸스는 스스로 눈을 찔러 멀게 한 후 자신의 운명을 저주하며 방랑의 길을 떠난다. 『오이디푸스 왕』은 인간 고뇌의 극한을 묘사하면서 비극적 아름다움을 완성한 소포클레스의 대표작이다.

〔테이레시아스〕 그대는 부지중에 그대의 가장 가까운 핏줄과 가장 가까운 인연을 맺고 살면서도 어떤 불행 속에 빠져 있는지 보지 못하고 있습니다.

〔오이디푸스〕 그대는 귀도 지혜도 눈도 멀었다.

〔테이레시아스〕 그대가 나의 눈먼 것까지 조롱하시니 말씀드립니다만, 그대는 눈이 있어도 보지 못하고 있습니다. 어떤 불행 속에 빠져 있는지도, 어디서 사는지도, 누구와 사는지도. 그대가 누구의 자손인지 알고나 있습니까? 그대 자신은 모르겠지만 그대는 지하와 지상에 있는 그대 혈족의 원수입니다. 그리하여 어머니와 아버지의 저주라는 이중의 채찍이 언젠가는 그대를 무서운 발걸음으로 뒤쫓으며 이 나라 밖으로 몰아낼 것입니다.

- 소포클레스, 『오이디푸스 왕』 중에서

왕을 살해한 자가 바로 오이디푸스라는 사실을 알고 있는 장님 테이레시아스가 눈 뜬 오이디푸스를 꾸짖는 장면을 두고 몇 날 며칠 사색에 잠겨보라. 오이디푸스는 눈을 잃고 나서야 모든 것을 제대로 볼 수 있었고 진정한 자유를 얻게 되었다. 진리를 찾으려는 오이디푸스의 순수한 열정이 자신을 파멸로 이끄는 역설을 보며 우리는 진지하게 자신을 돌아보게 된다.

어머니이자 아내인 이오카스테는 참혹한 진실을 외면하려 했지만, 오이디푸스는 스스로 눈을 찔러 평생 암흑 속에서 방랑하며 저주받은 운명을 책임지는 진정한 영웅의 면모를 보여주었다. 오이디푸스가 눈을 잃는 순간 병든 테베는 다시 건강한 사회로 돌아갔다. 그가 테베의 왕일 때는 불확실한 출생 때문에 백성들로부터 소외되었다. 그러나 참혹한 운명에 맞서는 그의 비장한 결단이 백성들로 하여금 인간적 품위를 지킨 왕이라는 존경심을 갖게 했다.

이 작품을 희랍 비극 중에서도 가장 대표적인 고전으로 간주하는 이유는 치밀한 구성과 원숙한 기법 때문이 아니다. 상상하기조차 두려운 처참한 파멸 속에서도 인간의 존엄성을 지키려는 오이디푸스의 확고한 의지 때문이다. 그는 파멸이 분명하게 예견되는 절망적인 상황 속에서도 적당한 타협을 거부하고 모든 것을 밝힘으로써 진정한 의미의 비극적 주인공이 되었다. 이와 같은 인물의 창조가 이 작품을 불후의 고전으로 만든 것이다. 아리스토텔레스는 『시학』에서 이 작품을 가장 위대한 비극으로 평가했다.

얄궂은 비극적 운명에 결연히 맞서는 오이디푸스의 고귀한 용기를 보며 우리 사회 전반에 깔린 진정성의 위기와 적당주의에 대해 생각해 본다. 젊은 날 이 작품을 읽으면서 자신의 잔인한 운명에 정면으로 맞서는 주인공의 고뇌와 비극에 온몸을 한 번 맡기고 나면 어느 순간 자신이 엄청나게 성장하고 깊어졌다는 사실을 깨닫게 된다. 그래서 이 책을 권했다.

무엇을 진지하게 끝까지 추구하지 않는 사람들이 많다. 조금 추진하다가 여의치 않으면 아무 생각 없이 포기해 버린다. 그러면서도 좋은 게 좋다는 식으로 현실과 적당히 타협하는 것을 현명한 처세술로 간주하기도 한다. 우리 사회 전반에 깔린 진정성의 결여와 적당주의에 대처하기 위해서는 청소년기부터 '읽고, 생각하며, 기록하기'를 생활화하는 운동을 전개해야 한다. 독서와 사색보다 사람을 더 진실하게 만들 방법은 없다.

그래도 책 속에 길이 있다

|

한 권의 책을 읽음으로써 자신의 삶에서 새 세대를 본 사람이 너무나 많다.

- 헨리 데이비드 소로

"별이 빛나는 창공을 보고 갈 수가 있고 또 가야만 하는 길의 지도를 읽을 수 있던 시대는 얼마나 행복했던가. 그리고 별이 길을 환히 밝혀 주던 시대는 얼마나 행복했던가."

게오르그 루카치의 『소설의 이론』 첫 부분을 다시 읽어 본다. 한 편의 아름다운 서정시 같은 이 구절은 원래 루카치가 자아와 세계가 행복한 조응을 이루던 고대 희랍 서사시의 세계관을 두고 한 말이다. 인류 역사에서 아주 예외적인 몇몇 시기를 제외하고는 희망이 절망보다 더 압도적인 힘을 가지던 시대는 드물었다. 젊은이가 반듯하고 예의 바른 시대도 없었다. 어느 시대나 인륜과 도덕은 무너졌고 전체적인 상황은 어둡다고 생각했다.

오늘의 부모들은 말한다. "우리 젊은 날도 우울했습니다. 하지만 하늘을 보면 별을 볼 수 있었고, 그 별을 따라가면 길이 있었습니다. 우리 시대는 성실하게 노력하면 더 잘 살 수 있다는 확신이 있었기에 현실이 주는 고통에 허덕이면서도 꿈과 희망을 품었습니다. 지방대학에 다녀도 대기업에 취직할 수 있었고, 각종 고시나 공무원 시험에 합격할 수 있었습니다. 계속 공부하면 대학에 자리 잡을 수도 있었습니다. 지금은 사방이 환한 것 같다가도 금방 먹구름이 몰려오는 것 같습니다. 내 아이를 이끌어줄 별이 보이지 않습니다. 물질적 풍요 속에서도 가야 할 길을 찾지 못하는 아이들을 보면 가슴이 미어집니다."라고 말한다.

청년실업이나 급격한 사회변화를 바라보면 그런 말이 나올 수 있다고 생각한다. 그러나 몇 세대 후의 사람들이 우리 시대를 가리키며 "그때야말로 엄청난 기회가 폭발적으로 생겨나던 시대였다."라고 말할지도 모른다.

'책 읽기와 문학교육을 통한 미래의 길 찾기'를 진행하면서 많은 사람을 만났다. 여러 곳에서 강연하면서 앞으로의 세계와 미래 전망, 바람직한 자녀 교육과 책 읽기 등에 관해 수많은 질문을 받았다. 현장에서 질의응답 방식으로 직접 답을 하거나 이메일 등을 통해 의견을 교환했다.

엄마와 아내로 산다는 게 너무 힘듭니다. 앞으로도 여전히 그렇겠지요?

"흐르는 강물을 바라보니 꿈 많았

던 어린 시절의 일들이 주마등처럼 스쳐 지나갑니다. 당신은 집에서 아이들만 잘 키우라고 했지만, 아이들은 우리 뜻대로 되지 않았고, 당신은 나의 수고와 절망을 이해하려 하지 않았습니다. 지금 내 수중엔 돈 한 푼 없고, 내 귀에서는 늘 환청이 들립니다. 나는 힘들 때 친정어머니 산소 외에는 혼자 마음껏 울 수 있는 장소조차 없습니다."

자살을 결심한 어느 여인이 일기장에 적은 유서의 첫 부분입니다. 우연히 유서를 훔쳐본 남편이 아내에게 무심했던 자신을 뉘우치며 아내를 입원시켜 놓고 조언을 구하러 나를 찾아왔습니다. 나는 그 유서를 읽으며 불현듯 버지니아 울프와 『자기만의 방』을 떠올렸습니다.

"흐르는 저 강물을 바라보며 당신의 이름을 목 놓아 불러 봅니다. 레너드 울프, 제 처녀 때의 이름 버지니아 스티븐이 당신과 결혼하면서 버지니아 울프가 된 것을 한 번도 후회한 적이 없습니다. 제 나이 예순, 인생의 황혼기이긴 하지만 아직 더 많은 일을 할 수 있는 나이에 스스로 생을 마감할 생각입니다."

마지막 소설 『세월』을 탈고한 후 1941년 3월 어느 날, 주머니 속에 돌을 채우고 오즈 강물에 몸을 던진 버지니아 울프가 남긴 유서의 첫 부분입니다.

앞의 유서는 남편과 자녀에 대한 원망과 자신을 향한 연민이 가득합니다. 뒤의 유서는 유년의 상처를 이해해 준 남편에 대한 감사의 마음이 진하게 느껴집니다. 두 여인 모두 극심한 우울증으로 자살을 생각하며 유서를 썼습니다. 버지니아 울프는 제인 오스틴이 『오만과 편견』을 쓴 곳이 그녀만의 공간이 아니었음을 지적합니다.

울프는 오스틴이 가족 모두가 함께 기거하는 공동거실에서 그 대작을 집필했다는 사실을 상기시키며 억압받는 여성들에 관해 이야기합니다. 버지니아 울프는 소설 『자기만의 방』에서 만약 여성이 자유의 문을 열 수 있는 두 가지 열쇠만 찾을 수 있다면 미래에는 여성 셰익스피어가 나올 수 있다고 주장했습니다.

그 열쇠란 '고정적인 소득'과 '자기만의 방'입니다. 소설 속에서 주인공은 투표권과 돈을 선택하라고 하면 돈을 선택하겠다고 말합니다. 돈이란 사람의 마음을 자유롭게 하며, 가난으로 인해 생긴 분노를 없애줄 수 있기 때문입니다.

여권 신장이 남성을 위협할 정도가 되었다는 21세기에도 한국의 여성은 가사와 자녀교육이 주는 그 모든 부담을 감당하기에는 몸과 마음이 너무 힘겹습니다. 남자는 남자

대로 이 불황에 가족을 먹여 살리려고 바깥에서 얼마나 악전고투하는지 처자식은 모른다고 항변할 것입니다. 서로의 어려움만을 주장하며 일방적인 이해와 인내를 요구한다고 문제가 해결되는 것은 아닙니다. 부부와 자녀, 가족 구성원 모두는 대화와 소통을 통해 같이 행복할 수 있는 방법을 찾으려고 노력해야 합니다.

엄마는 자신이 자녀와 남편의 몸종이 된다고 그들이 행복해하는 것이 아니라는 사실을 알아야 합니다. 맹목적으로 가족의 몸종이 되는 것을 단호하게 거부하고 자신의 발전과 행복을 추구할 때, 남편과 자녀는 더 행복해질 수 있고, 자신의 존재감도 더 강하게 인식된다는 사실을 알아야 합니다.

톨스토이는 소설 『행복』에서 연인 시절의 사랑은 세월과 더불어 다른 형태로 변한다고 말합니다. 연애 시절의 낭만적 열정이 평생 유지되기 어렵다는 뜻이지요. 소설 속에서 남편은 "이제 우리는 조금만 옆으로 비켜서서 각자의 공간을 마련해 주는 거야."라고 말합니다. 자기만의 세계를 가질 수 있도록 서로에게 자유로운 여지를 주는 것이 부부가 추구해야 할 사랑법이라는 것입니다.

부부 사이만 그렇겠습니까. 부모와 자녀 사이도 마찬가

지입니다. 가능하다면 가족 구성원 각자는 '자기만의 방', '자기만의 여지'를 가지는 것이 좋습니다. 엄마도 엄마의 방을 가져야 합니다. 물리적 공간만을 의미하는 것이 아니고, 홀로 머물며 자신을 성찰하고 삶을 음미할 수 있는 정신적 독립 공간이 필요하다는 말입니다. 남편과 자녀는 엄마의 수고를 인정하고 진심으로 감사하며 '엄마의 방'을 만들어 주어야 합니다. 엄마가 건강하고 행복해야 온 가족이 함께 행복할 수 있기 때문입니다.

아버지도 힘들기는 마찬가지입니다

어느 영화 평론가의 글을 재미있게 읽은 적이 있습니다. 부모 세대들이 잘 아는 영화 속의 두 주인공 제임스 본드와 람보는 폭력적 인간입니다. 그러나 외양과 풍기는 분위기는 매우 다릅니다. 람보는 근육질의 상체를 그대로 드러낸 채 무기를 주렁주렁 매달고 다닙니다. 람보는 항상 심각하고 긴장된 표정으로 적과 대치합니다.

제임스 본드는 말쑥하게 정장을 차려입고 살상 무기를

옷이나 자동차, 가방에 숨기고 겉으로 드러내지 않습니다. 제임스 본드는 어떤 난관이나 위기에 부딪혀도 미소를 잃지 않습니다. 인간관계에서 세련된 매너도 돋보입니다. 제임스 본드는 이상적인 남성의 전형으로 모든 남녀 팬들을 열광시킵니다. 그러나 폭력성과 잔인성은 제임스 본드도 람보에게 절대 뒤지지 않습니다.

람보와 제임스 본드 중 누가 더 스트레스를 받을까요? 아마 제임스 본드가 더할 것입니다. 제임스 본드는 빈틈없이 임무를 수행해야 하며 위기일발의 순간에도 당황하지 말아야 하는 신과 같이 완벽한 존재가 되고자 합니다. 그러나 완벽을 가장할수록 공허감과 허탈함은 커집니다. 남에게 약한 면을 보이지 말아야 한다는 강박관념이 그를 억누르고 있습니다.

제임스 본드는 긴장감과 공허감이 주는 스트레스를 여자를 통해 해소하려 합니다. 제임스 본드가 소위 말하는 본드걸과 벌이는 애정행각을 통해 우리는 그의 심적 상태를 잘 알 수 있습니다. 그의 사랑은 일시적이고 육체적이며 진실하지 않습니다.

명퇴, 조퇴, 황퇴(황당한 퇴직) 등의 말이 남의 이야기가 아닌 상황에서 하루하루를 살아가야 하는 이 땅의 아버지들은 제임스 본드처럼 처신해야 합니다. 아내와 자식들에게 는 약한 모습을 보이지 말아야 하고, 직장에서는 빈틈없이 업무를 수행해야 합니다. 그러나 완벽하게 행동하려 할수 록 공허감과 허탈함, 스트레스는 더 커집니다. 그런데도 이 것을 해소할 길이 없습니다. 이 땅의 아내와 자식, 칼자루 를 쥔 사람들은 아버지가 짊어지고 있는 삶의 무게를 생각 해 보아야 합니다.

아이 키우는 일이 이렇게 불안하고 두려운 이유는 무엇입니까?

전문 직종의 사람들이 나쁜 마음을 먹으면 누구나 '공포 행상인'이 될 수 있습니다. 환자에게 있을 수 있는 온갖 나쁜 것들을 나열하여 과잉 진료를 받을 수밖에 없게 하는 의사, 알아들을 수 없는 법률 용어로 막 대한 불이익의 가능성을 강조하며 고액의 수임료를 챙기려 는 변호사, 판매 부수와 시청률을 높이기 위해 날마다 새로 운 공포를 선전하고 불안을 확대 재생산하는 언론 매체 종 사자, 사실과 허구를 뒤섞어 장차 일어날 수 있는 위험을 곧 닥칠 재난으로 포장해 유권자를 겁주어 표를 얻으려는 정치인, 드라마 SKY 캐슬이 보여 준 고압적이고 무례한 입시 컨설팅업자 등 우리 사회에는 무수한 공포 행상인이 존재합니다. 이들은 대개 단호하고 단정적인 어조로 고객을 단숨에 압도하는 화술을 가지고 있습니다.

논술고사가 처음 도입되었을 때, 어느 신문에서 수험생들이 '내신, 수능, 논술'이라는 죽음의 트라이앵글에 갇혀 신음한다고 썼습니다. 나는 즉시 반박하는 글을 썼습니다. 내신, 수능, 논술을 따로 공부해야 한다고 주장하는 사람은 공부의 본질을 모릅니다. 이 셋은 톱니바퀴처럼 서로 맞물려 돌아가는 하나의 유기체입니다.

학교 수업에 충실하면 내신 성적이 좋고, 내신 성적을 잘 받으면 수능시험에서 고득점 할 수 있고, 내신과 수능 성적이 좋으면 논술도 잘할 수 있기 때문입니다. 이 셋을 따로 준비해야 하는 것으로 왜곡하여 수험생과 학부모를 불안하게 해서는 안 된다고 주장했습니다.

최근에는 입시 전문가라는 사람들이 수험생들은 '내신, 수능, 논술, 학생부종합전형을 위한 스펙 쌓기' 등에 갇혀 허덕인다고 말합니다. 이 역시 공부의 본질을 모르는 사실 왜곡입니다. 이 말이 유포되는 순간 수많은 수험생과 학부모들은 막연한 불안감에 사로잡힙니다. 공포 행상인들은 놓치지 않고 이 틈을 파고듭니다.

어떤 방식으로 학생을 뽑든 기본에 충실하고 실력 있는 학생이 손해 보는 일은 거의 없습니다. 열심히 공부하지 않고 스펙 몇 개 만들어 원하는 대학에 갈 수 있는 길이 실제로는 없다는 사실을 알게 되면 쓸데없는 말에 흔들리지 않을 것입니다.

미국의 사회학자 배리 글래스너는 그의 저서 『공포의 문화』에서 현대 사회에 만연해 있는 공포가 실제로는 얼마나 허구적인지를 분석했습니다. 그는 '공포와 불안'을 조장함으로써 이득을 취하려는 '공포 행상인'들이 즐겨 쓰는 수법을 폭로하며, 공포와 불안을 확대하여 기득권을 지키려고 하는 사기꾼들을 조심하라고 충고했습니다.

이들은 작은 위험을 크게 보이게 하고, 통계 수치를 비틀어 진실을 왜곡하며, 개별적이고 특수한 사례를 일반적인 것으로 과장합니다. 우리는 과장된 공포와 불안이 우리 자신을 파괴하기 전에 그런 공포를 차분히 분석하고 검토하며 의심해 보는 법을 배워야 합니다.

아이가 혼자 틀어박혀 컴퓨터만 하고 있습니다.
어떻게 지도해야 하나요?

무엇을 좋아하는 정도가 도를 넘어 그것이 만든 가상세계로 현실을 대체해 버리고 스스로 그 안에 갇히는 사람들을 일본어로 '오타쿠'라고 합니다. 그들은 구체적인 삶의 현실은 뒤로 한 채 만화, 비디오 게임, 아이돌 스타, 인형 모으기, TV 보기 등과 같은 특정 생활에 병적으로 집착하며, 자신만의 가상세계에 몰두합니다. 일본에서 오래 생활한 프랑스 기자 에티엔 바랄이 쓴 『오타쿠 - 가상세계의 아이들』은 컴퓨터 문제로 고민하는 우리 부모들이 한 번 읽어볼 만한 책으로 우리에게 많은 것을 시사해 줍니다.

저자는 '공부하라, 일하라, 소비하라'란 절대명령이 일본 사회를 지배하고 있다고 지적합니다. 그는 표면적인 안락함에도 불구하고 냉혹한 경쟁에 직면해야 하는 많은 젊은이들이 어른들의 생산 사회에 들어가는 대신 가상의 세계나 유년의 놀이문화에 남기를 택한다고 분석합니다. 심리적 퇴화 또는 자폐 증상에 가까운 오타쿠는 일본 사회의 모순이 빚어낸 희생자이자 이탈자라는 것입니다.

그것은 개인보다 집단의 이익을 앞세우는 일본 정신과 억압적인 학교 교육에 학대당한 젊은이들이 스스로 선택한 생존 방식이라는 것입니다. "현실보다 상상의 세계가 더 좋다. 나를 인정해 주지도 않는 사회의 규약들은 지켜서 무엇하나."라는 한 오타쿠의 외침은 우리 젊은이들에게도 그대로 적용할 수 있습니다.

저자는 '튀어나온 못은 두들겨야 한다'는 일본 속담을 상기시키며 '튀어나온 못'의 고뇌와 고통은 외면한 채 그냥 돌출부를 두드려 박아 넣으려는 피상적인 조치는 근본적인 해결책이 될 수 없다고 강조합니다. 우리도 이제 전문가들이 나서서 차근차근 설명하며 아이들을 바깥 세계로 나오게 해야 합니다.

인류 역사에서 디지털 세계가 물 위에 솟아오른 빙산이라면 그 빙산을 받치고 있는 밑둥치는 아날로그적인 것이라는 사실을 납득시켜야 합니다. 아날로그적인 교양이 전제될 때, 디지털 영역에서 경쟁력을 가질 수 있다는 점을 분명히 인식시키고, 고전 작품을 읽으며 인문적 교양을 쌓도록 분위기를 조성해야 합니다.

컴퓨터 때문에 무조건 화를 내거나, 충분한 설명 없이 컴퓨터를 금지시키는 조치는 문제 해결에 별로 도움이 안 됩니다. 그들이 안고 있는 문제를 그들의 입장에서 접근해야 합니다. 무조건적인 억압과 맹목적인 강요로 튀어나온 못을 임시방편으로 박아 넣으려고만 한다면, 아이들은 더욱 말문을 닫고 자기만의 폐쇄된 세계로 들어가 버릴 것입니다. 부모가 먼저 가슴을 열어야 아이도 마음의 문을 열 것입니다.

선행 학습이 정말 효과가 있는지 궁금합니다

발묘조장拔錨助長, 억지로 싹을 뽑아 성장을 돕는다는 말입니다. 중국 송나라 때 어느 농부가 모를 심어 놓고 매일 아침 논으로 달려가 살펴보았습니다. 생각보다 더디게 자랐습니다.

어느 날 아침 논에서 벼 한 포기를 살짝 뽑았더니 키가 한결 자란 것처럼 보였습니다. 그날 저녁, 그는 종일 벼를 뽑아 키를 키운다고 열심히 일해서 힘이 다 빠졌다고 자랑했습니다. 의아하게 생각한 아들이 다음 날 논으로 달려가 보니 뽑힌 벼들은 이미 말라 죽어 있었습니다. 『맹자』 '공손추'에 나오는 이야기입니다.

송나라 사람 곽탁타는 나무 심기의 달인이었습니다. 그가 심은 나무는 종류에 관계없이 잎이 무성하고 탐스럽게 열매가 열렸습니다. 사람들이 비결을 물었습니다.

"나는 나무를 잘 자라게 할 수 있는 능력이 없어요. 단지 나무의 섭리에 따라 그 본성에 이르게만 할 뿐입니다. 나무는 뿌리를 펼치려 하고, 흙은 단단해지려고 합니다. 그 본성을 살려주고는 건드리지도 않고, 걱정도 하지 않고, 돌아보지도 않습니다.

다른 사람들은 이렇게 하지 않아요. 뿌리를 뭉치게 하거나, 흙을 지나치게 돋워 주거나 모자라게 합니다. 그러고도 마음이 놓이지 않아 아침에 들여다보고, 저녁에 어루만집니다. 심지어 살았는지 죽었는지를 확인하기 위해 손톱으로 벗겨 보기도 하지요. 뿌리를 흔들어 흙이 단단한지 확인도 합니다. 그러니 나무와 흙은 본성을 잃게 되고, 나무가 제대로 자랄 수가 없지요." 당송 팔대가의 한 사람인 유종원의 『종수곽탁타전』에 나오는 이야기입니다.

이스라엘 태생의 세계적인 바이올리니스트 이작 펄먼이 연주자로 성공하게 된 이유를 간단하게 요약해 달라는 질문을 받았을 때, '연습'이라고 잘라 말했습니다. 이어서 연습의 양만으로는 최고의 경지에 오를 수 없다고 했습니다. 연습은 양과 질이 조화를 이룰 때 소기의 목적을 달성할 수 있다고 강조했습니다. 그는 반드시 박자를 지키며 천천히 연습해야 한다고 말했습니다.

바이올린이든 피아노든 아무리 연습해도 실력이 향상되지 않는 학생들 대부분은 지나치게 빠른 박자로 연습하는 경향이 있습니다. 파가니니의 복잡한 악절처럼 복합적인 정보를 습득하기 위해 뇌는 확실하고 정교한 입력을 요구합니다. 100m 달리기를 하듯이 빠른 속도로 연습하면 뇌는 복잡한 정보를 제대로 받아들이지 못해 나중에 그 정보를 정확하게 전달할 수가 없습니다. 느린 박자로 또박또박, 나무에 글자를 새겨 넣듯이 정확하고 정교하게 뇌에 각인해야 어떤 상황에서도 그 정보를 쉽게 재생할 수 있고, 창의적으로 적용할 수 있다는 것입니다.

악기, 운동, 학습 등 어떤 분야에서든 기능과 실력을 향상시키는 데 필요한 근본 원리는 같습니다. 처음에 기본기를 천천히 익히며 확실하게 다지지 않으면, 어렵고 복잡한 단계의 문제를 해결할 수 있는 최고 수준에는 이를 수 없습니다.

선행학습에 주력하는 학생은 복잡한 악절을 빠른 박자로

연습하는 것과 같습니다. 진도만 빨리 나가는 데 중점을 두는 학생은 일시적으로 다른 학생보다 조금 앞설지 모르지만 세월과 함께 결국은 뒤처지게 됩니다. 가장 느린 방법이 가장 빠른 길임을 강조하고 싶습니다.

경쟁력 있는 아이로 기르고 싶습니다

자존심自尊心과 자존감自尊感이라는 단어에서 '자존'은 문자 그대로 '자신을 존중하는 것'을 의미합니다. 자존심은 '자신을 존중하는 마음'이 주로 '타인과의 비교나 타인에 의한 평가'에서 나오고 자존감은 '타인과 비교하지 않는, 있는 그대로의 나를 존중하는 마음'에서 나옵니다.

자존심이 강한 사람은 자신이 처한 상황을 끊임없이 다른 사람과 비교합니다. 자존심이 강한 아이는 친구들이 놀리거나 같이 놀아주지 않을 때 견디지를 못해 때론 극단적인 행동을 취하기도 합니다.

자존감이 높은 아이는 친구가 놀려도 처음에는 속이 상

하지만 곧바로 친구를 괴롭히는 그 아이를 오히려 측은하게 생각합니다. 자존심이 강한 아이는 다른 친구보다 시험을 잘 쳤는지 못 쳤는지에 민감합니다. 자존감이 강한 아이는 결과보다는 공부하는 과정에 최선을 다했는지를 짚어봅니다. 성적이 안 좋아도 곧바로 툭 털고 일어나 더 좋아지기 위해 더욱 열심히 공부합니다.

자존감이 높은 부모는 점수보다는 아이의 수고를 먼저 인정해 주고, 좋은 결과를 얻지 못했을 때도 꾸준히 노력하면 언젠가는 목표로 하는 성적에 이를 수 있다고 말합니다. 자존감이 낮은 부모일수록 자녀들이 매사에 완벽해지기를 요구하는 경향이 강합니다. 자존감이 높은 부모는 완벽을 요구하거나 강요하기보다는 결과에 너무 신경 쓰지 말고 그냥 최선을 다하라고 말합니다.

자존감이 높은 사람은 마음을 열어놓고 남과의 공감대를 중시하지만, 그렇지 않은 사람은 좀처럼 마음을 열지 않고 비밀이 많습니다. 자존감이 높은 학생은 상대를 인정하고 상대의 성공을 진심으로 축하해 주고, 상대가 어려울 때 용기를 주고 격려하는 데서 기쁨을 얻습니다. 자존감이 높고 작은 성공을 통해 자신감을 누적한 학생들이 결정적인 순간에 실수를 덜하고 좋은 점수를 받습니다.

남과 잘 어울리는
아이로 키우고 싶어요

항아리 두 개가 있었습니다. 하나
는 물을 가득 담아도 괜찮을 만큼 온전하고 튼튼했지만, 다
른 하나는 밑이 깨져 있어 늘 물이 샜습니다. 언제나 미움
만 받는 깨진 항아리는 제일 못생긴 머슴의 몫이었습니다.
이 머슴은 남들보다 훨씬 오랫동안 물을 길어야만 주인집
커다란 항아리에 물을 가득 채울 수 있었습니다.

어느 날 못생긴 머슴은 또 물을 긷기 위해 시냇가로 갔습
니다. 밑이 깨진 항아리에 물을 가득 담고 늘 오가는 갓길
로 힘겹게 걸어가고 있는데 깨진 항아리가 말했습니다.

"미안해요. 저 때문에 너무 고생하시네요. 다른 항아리
들은 벌써 물을 다 긷고 쉬고 있는데… 차라리 절 버리세
요." 머슴이 웃으면서 말했습니다. "항아리야, 우리가 늘
지나온 길을 좀 보렴." 항아리는 뒤를 돌아보았습니다.

머슴과 함께 걸어온 길가에는 예쁜 꽃들이 가득 피어 있
었습니다. 머슴이 말했습니다. "비록 물을 긷는 데 시간은
걸리겠지만, 네가 흘린 물로 저렇게 많은 생명들이 여기저
기서 잘 자라고 있지 않니. 너는 훌륭한 일을 한 거야." 늘

물을 흘리는 항아리는 그 말을 듣고 눈에 가득 눈물이 고였습니다.

새지 않는 항아리들이 지나간 자리에는 먼지만 날리고 있었지만, 깨진 항아리가 지나간 자리에는 너무도 예쁜 꽃과 풀들이 서로 어우러져 웃고 있었습니다. 자신의 모자람과 못남이 길을 아름답게 만들어 오가는 사람들에게 기쁨을 주는 일을 했다는 사실에 둘은 조용히 웃었습니다.

인터넷에서 우연히 접한 우화입니다. 이 우화는 연민과 배려, 애정 어린 관심이 인간 사회에서 얼마나 중요한가를 잘 보여줍니다. 좀 뒤처지고 느린 자에 대한 배려는 세상과 이웃에 대한 적대감을 없애주며, 모든 대상을 친구로 만들어 줍니다.

무관심은 세상 만물을 적으로 만들 수 있습니다. 내 아이가 힘겹고 고통받는 친구에게 손을 내밀 수 있도록 가르쳐야 합니다. 내 이웃이 더불어 행복하지 않으면 나 역시 안전하고 행복할 수 없음을 깨닫게 해야 합니다.

4차 산업혁명이 요구하는
자질이 궁금합니다

21세기 IT 혁명을 이끈 애플의 창업자 스티브 잡스는 불꽃 같은 삶을 살았습니다. 잡스는 보통 사람의 장단점을 모두 가지고 있었지만 위기를 극복할 수 있는 낙관적 의지와 집중력이 특별했습니다. 잡스의 일대기는 자라는 청소년들에게 많은 것을 시사해 줍니다. 그의 창의력은 독서를 통한 인문학적 상상력을 기술에 접목한 데서 나왔습니다.

그는 무에서 유를 창조하기보다는 있는 것 중에서 자기가 필요한 것을 찾아내 융합하고 결합하는 능력이 탁월했던 사람입니다. 잡스가 자라나는 청소년들에게 던지는 교훈은 인문학적 교양과 상상력의 중요성입니다. 세상의 많은 창조는 무에서 나온 것이라기보다는 이미 있는 것에서 발견되는 경우가 많습니다.

잡스를 꿈꾸는 이 땅의 청소년들에게 스텐 데이비스가 쓴 『미래의 지배』를 권하고 싶습니다. 스텐 데이비스는 아이디어를 얻고, 미래를 읽어내는 방법을 찾아내기 위해서는 다음 사항을 참고하라고 말합니다.

그는 미래를 내다보는 것은 창조하는 작업이 아니라 발견하는 작업임을 강조합니다. 발견한다는 것은 현재 속에 이미 미래가 존재하고 있음을 말합니다.

그는 다른 사람들이 보기 전에 먼저 보라고 강조합니다. 미래의 새로운 추세는 갑자기 생기는 것이 아니고, 주변 사례를 찬찬히 살피면서 연관관계를 이해하면 쉽게 찾을 수 있습니다.

둘째, 아이디어를 얻게 되는 밑천은 독서라는 점을 강조합니다. 전공과 비전공의 비율을 50:50으로 하라고 말합니다. 신문과 잡지를 몇 종류 읽고 전공과 상관없는 과학기술 분야와 소설을 읽으라고 권합니다.

그다음으로 생소한 분야의 전문가들과 교류하며 조언을 구하고, 대중 강연을 통해 자신의 생각을 가다듬고, 학회, 세미나 등에 참석해 새로운 아이디어를 얻으라고 말합니다.

마지막으로 그는 사색을 강조합니다. 언제 어디서나 본질적인 것 외의 것은 떨쳐버리고 기본적인 것에 초점을 맞추는 생활을 하라고 충고합니다. 인간은 사색을 통하여 가장 새롭고, 좋은 생각을 할 수 있습니다. 그는 "인생은 복잡하고, 진실은 단순하다."라고 말합니다.

미래학의 대부로 하와이 대학 미래전략센터 소장을 지 낸 짐 데이토는 일찍이 정보화 사회 다음에는 드림 소사이 어티Dream Society가 도래할 것이라고 말했습니다. 드림 소 사이어티에서는 이미지image와 이야기story가 중심이 되는 새로운 경제·사회 패러다임이 형성된다고 말했습니다. 이 미지의 생산·결합·유통이 경제의 뼈대를 구성하며, 거기 에 감성적 스토리가 덧붙여질 때 새로운 부가 가치가 창출 된다는 것입니다.

드림 소사이어티는 꿈과 이미지에 의해 움직이며, 경제 의 주력 엔진이 정보에서 이미지로 넘어가고, 상상력과 창 조성이 국가의 핵심 경쟁력이 됩니다. 이미지를 포장하여 수출하는 한류韓流는 한국이 드림 소사이어티 1호 국가임 을 보여준다고도 했습니다.

아이들의 말이 너무 거칠고 품위가 없어 걱정입니다

어떤 노인이 빵을 훔치다가 잡혀 와서 법정에 섰습니다. 판사가 왜 빵을 훔쳤느냐고 묻자 노인은 초라한 몰골로 눈물을 글썽이며 사흘을 굶고 나니 아무것도 보이지 않았다고 대답했습니다. 판사는 한참 생각에 잠겼다가 빵을 훔친 것은 절도 행위이므로 벌금 10달러에 처한다는 판결을 내렸습니다. 그런 다음 "그 벌금은 내가 내겠습니다. 그동안 좋은 음식을 너무 많이 먹은 죄에 대한 나 스스로의 벌금입니다."라고 말하며 판사는 자기 지갑에서 10달러를 꺼냈습니다.

이어서 판사는 "이 노인은 법정을 나가면 또 빵을 훔치게 되어 있습니다. 그러니 여기 오신 여러분들 중에서 그동안 좋은 음식을 많이 드셨다고 생각하시는 분은 조금이라도 기부해 주십시오."라고 말했습니다. 감동을 받은 방청객들이 모금에 동참했습니다. 1920년 당시 돈으로 47달러가 걷혔습니다.

훗날 뉴욕 시장을 세 번이나 연임한 F. H. 라과디아 판사의 이야기입니다. 라과디아 판사가 '좋은 음식을 먹은 죄'라는 말 대신에 '불우 이웃 돕기' 또는 '가난하고 불쌍한 노인 돕기'라는 표현을 했다면 노인의 자존심을 상하게 했을 것이고, 방청객의 감동과 공감을 불러일으키지 못했을 것입니다.

미국의 국부 조지 워싱턴은 선거 없이 실질적으로 세 번이나 대통령에 추대된 인물입니다. 그는 10대 나이에 이미 정신적 귀족이 되기 위한 수칙을 정했습니다. '교양과 고결한 품행을 지키는 110가지 수칙'은 제수이트 교단의 수칙에서 따온 것입니다.

아직도 미국에서 출판되고 있는 그 수칙에는 "비록 적이라도 남의 불행을 기뻐하지 마라. 아랫사람이 와서 말할 때도 일어나라. 저주와 모욕의 언사는 쓰지 마라. 남의 흉터를 빤히 보거나 그게 왜 생겼는지 묻지 말라." 등의 수칙이 있습니다. 품위와 품격이 있어야 존경을 받을 수 있고 권위가 생겨나는 법입니다.

그리스의 웅변가 데모스테네스는 타고난 말재주꾼이 아니었습니다. 그는 선천적으로 말더듬이였고, 허약한 체질 때문에 말을 길게 이어가지도 못했습니다. 청년기에 들어설 무렵 아고라에서 첫 연설을 했을 때, 청중들은 그의 어눌함을 조롱하며 야유를 보냈습니다. 두 번째 도전에서도 그의 말에 귀를 기울이는 사람은 없었습니다.

그래도 그는 포기하지 않고 입에 조약돌을 물고 피나는 연습을 했고, 가파른 언덕을 달리다가 숨이 차오르기 시작하면 연설을 시작하는 훈련을 했습니다. 그는 마침내 뛰어난 웅변가가 되어 수많은 재판에서 이겼습니다.

그의 경쟁자였던 피데아스는 "당신의 웅변에서는 지난 밤에 썼던 등잔불 냄새가 난다."라고 비웃었습니다. 즉석 연설은 거의 없고 항상 미리 준비하여 말하는 데모스테네스를 비웃는 말이었습니다. 그는 "그러나 내 등잔과 당신 등잔의 밝기는 분명히 다르지 않소?"라고 응수했습니다. 그의 명연설은 항상 치열한 노력과 성실한 준비의 산물이었습니다. 데모스테네스는 유창성과 달변이 아닌, 철저한 준비와 진정성으로 당대를 평정한 웅변가가 되었습니다.

언어철학자 루드비히 비트겐슈타인은 "내 언어의 한계가 내 세계의 한계다."라는 표현으로 자신의 언어 철학을 전개했습니다. 이 말은 "내 언어의 한계를 확장하면 내 세계를 확장할 수 있다."는 의미입니다.

꿈을 꾸고 꿈의 실현을 위해 노력하는 아이로 기르고 싶습니다

"인간은 꿈에 의해서 즉, 그 꿈의 짙은 농도, 상관관계, 다양함에 의해서, 또는 인간의 본성과 자연환경마저도 변화시키려는 꿈의 놀라운 효과에 의해서 다른 모든 것과 대립 관계를 갖고, 다른 모든 것보다 우위에 서 있는 야릇한 생물, 고립된 동물이다. 그리고 지칠 줄 모르고 그 꿈을 좇으려고 하는 존재다."라고 P. 발레리는 말했습니다.

태초부터 인류가 무수한 역경에 직면해서 그것을 슬기롭게 극복하고, 찬란한 문화를 꽃피울 수 있었던 이유는 바로 역경의 순간에도 꿈을 꿀 수 있었기 때문입니다.

꿈은 인간의 내면에서 무한한 에너지가 용솟음치게 해 줍니다. 우리가 알고 있는 모든 활동적인 사람들은 꿈을 좇는 사람들입니다. 꿈은 목적을 고귀하게 만들고 오늘의 어려움을 즐거운 마음으로 견딜 수 있게 해 줍니다. 그러나 그 꿈은 현실에 뿌리를 두어야 합니다.

린위탕〔林語堂〕은 "중국인은 한쪽 눈을 뜬 채 꿈을 꾼다."라고 했습니다. 감은 눈으로는 미래를 꿈꾸고 뜬 눈으로는 현실을 직시하라는 뜻이지요.

프로이트는 '꿈은 소원 성취' 라고 말했습니다. 꿈을 꾼다는 것은 본능과 무의식이 마음속에 갈구하는 것을 머릿속으로 실제 성취하고 있다는 의미입니다.

꿈을 통해 머릿속에서 먼저 성취를 맛보아야 그 꿈은 보다 쉽게 구체적 현실로 구현될 수 있다는 말입니다. 꿈꾸는 사람이 현실적인 힘도 강합니다.

공부와 생활을 즐길 줄 아는
아이로 키우고 싶습니다

니체는 두 가지 삶의 방식을 이야기합니다. 오늘 즐길 수 있는 것들은 즐기면서 현재의 삶에 최선을 다하는 유형과, 요단강 건너의 천국만을 갈구하며 현실의 모든 즐거움과 쾌락을 거부하고 오직 회개와 절제, 자발적 고행, 눈물과 한숨만으로 살아가는 유형이 있습니다. 니체는 전자를 '희랍인적 삶'이라 했고, 후자를 '유대인적 삶'이라 했습니다.

희랍인은 대지에 뿌리를 내리고 살며 그곳의 모든 희로애락을 있는 그대로 받아들입니다. 유대인은 현재의 모든 고통을 기꺼이 감수하며 오로지 천상의 피안만을 꿈꾸며 삽니다.

한때 니코스 카잔차키스의 소설 『희랍인 조르바』 열풍이 거세게 분 적이 있습니다. 그 이유는 무엇일까요? 우리 사회가 이성, 체면, 형식, 깨어 있는 정신 등을 너무 지나치게 강조하는데 대한 반성과 반발 심리 때문일 것입니다.

소설의 주인공 조르바는 니체가 말하는 전형적인 희랍인적 삶을 삽니다. 그의 입은 거칠고 험합니다. 그러나 그는 소외된 삶을 사는 고아와 과부의 후원자이고 버림받은 창녀의 연인이기도 합니다.

조르바는 오욕의 현실을 받아들이고 짧지만 현실에서 가능한 쾌락을 기꺼이 향유합니다. 일과 휴식, 노래와 춤, 분노와 좌절, 빵과 과일을 얻기 위한 인간적인 노력, 성공과 실패를 사랑합니다.

모든 자본을 다 털어 넣고 공사를 하던 중 구조물이 무너져 내려 모든 것이 산산조각 나고 소설 속의 나와 조르바 두 사람은 빈털터리가 됩니다. 그러나 두 사람은 동정과 경멸의 언어만 남은 빈 자갈밭 위에서 밤이슬이 내릴 때까지 춤을 춥니다. 그때 조르바가 말합니다. "희랍인은 패배할 수는 있으나 파멸될 수는 없다." 조르바는 실패와 고통, 그 모든 것을 담담히 받아들이고 사랑하는 희랍인으로 살아가기를 갈망합니다.

날카로운 문명 비판론으로 유명한 네덜란드의 역사가 호이징가는 '놀이하는 유희적 인간'이라는 뜻을 가진 『호모 루덴스』란 명저를 남겼습니다. 그는 이 책에서 놀이는 문화의 한 요소가 아니라 문화 그 자체가 놀이의 성격을 갖고 있다고 결론을 내립니다. 모든 형태의 문화는 그 기원에서 놀이의 요소가 발견되며, 인간의 공동생활 자체가 놀이 형식을 가지고 있습니다. 사냥은 물론 전쟁조차도 놀이의 성격이 많습니다.

그는 문명이란 놀이 속에서 놀이로서 생겨나 놀이를 떠나는 법이 없다고 말하며, 인간은 놀이를 통하여 그들의 인생관과 세계관을 표현한다고 말합니다. 그는 현대에 가까이 올수록 문화가 놀이의 성격을 벗어나고 있다고 개탄합니다. 일과 놀이가 과거처럼 자연스럽게 결합하지 못하는 것이 현대의 불행이라는 것입니다.

책은 창의력의 원천이자
미래를 위한 생존 수단

미국의 언론 학자 얼 쇼리스가 빈곤에 관한 책을 쓰기 위해 취재를 하다가 살인사건에 연루된 여죄수와 인터뷰를 하게 되었다. "당신은 왜 가난하다고 생각합니까?"라고 물었을 때, "시내 중심가 사람들이 누리는 정신적 삶이 없었기 때문입니다."라는 예상 밖의 답을 들었다.

아버지가 알코올 중독자라거나 친구 때문에 등의 이유를 대지 않았다. 뜻밖의 답변에 놀라면서 "정신적 삶은 무엇입니까?"라고 다시 묻자, "잘은 모르지만 책, 극장, 연주회, 강연, 박물관 등과 접하는 것 아니겠습니까?"라고 답했다.

얼 쇼리스는 노숙자, 마약중독자, 범죄자 등과 계속 인터뷰를 하면서 가난은 밥과 돈의 문제가 아니라 생각과 정신의 문제라는 결론을 내리게 되었다. 이들에게 필요한 것은 자존감과 자신감, 자신을 성찰하는 힘이라는 사실을 확인했다. 노숙자에게 무료 급식을 제공하는 것만으로는 가난에 대한 본질적인 해결책이 될 수 없다는 사실에 주목했다.

그는 클레멘트 코스를 열어 가난한 사람, 범죄자, 마약중독자 등에게 철학, 문학, 미술, 시, 역사와 같은 인문학을 가르쳤고, 그 강좌를 통해 정신과 영혼의 힘을 재발견하게 된 상당수의 사람들이 근본적으로 바뀌게 되는 것을 목격했다.

얼 쇼리스의 이야기는 자녀 양육에도 그대로 적용할 수 있다. 부모님 입장에서는 내 아이가 공부를 잘 못하는 이유가 양질의 사교육을 충분하게 시켜주지 못했기 때문이라고 생각할 수 있다. 그렇지 않다. 생활과 공부에서 아이가 기대에 못 미치는 이유는 일차적으로 '생각과 정신'에 문제가 있기 때문이다.

가난이 밥과 돈의 문제가 아니듯이 공부 역시 부모의 경제력이나 사교육의 문제가 아니다. 스스로를 귀중히 여기는 자존감, 매사에 적극적으로 대처하는 자신감, 자신의 삶을 성찰하는 힘이 없기 때문에 자기 주도적인 학습을 못하는 것이다. 자존감과 자신감을 가지게 되면 자신을 둘러싸고 있는 세상을 긍정적으로 바라보게 되며 꿈의 실현을 위해 항상 즐거운 마음으로 노력하게 된다.

자신을 성찰하는 힘은 강압적인 훈육이나 강요로 생성되지 않는다. 열심히 공부하면서도 주기적으로 대자연 앞에서 경이로움을 느끼고, 문학, 음악, 미술 등의 예술작품을 통해 온몸을 적시는 감동을 경험할 때 그 힘은 가장 잘 형성된다.

다니엘 핑크는 "지금 세계 경제와 사회는 논리적이고 선형적인 능력, 즉 컴퓨터와 같은 기능에 토대를 둔 정보화 시대에서 점차 창의성, 감성, 거시적 안목이 중시되는 개념의 시대(Conceptual Age)로 이동하고 있다."라고 지적했다. 구글의 알파고 이후 우리 사회는 그 변화를 실감하고 있다.

미래 사회는 예술적 미와 감정의 아름다움을 창조해 내고, 관계가 없어 보이는 아이디어를 결합하여 새로운 것을 창조해 내는 능력이 경쟁력이 되는 시대다. 우리가 어디서 꿈과 희망을 찾고, 그것을 구체화할 수 있는 답을 얻을 것인가. 책은 앞으로도 여전히 우리 모두에게 최상의 조언자이자 조력자의 역할을 할 것이고 창의력의 원천이 될 것이다.

교육평론가 윤일현의 자녀교육서

밥상과 책상 사이

윤일현 지음 |
256쪽 | 14,000원

2018 한국출판문화산업진흥원의 우수콘텐츠 선정작

"밥상이 즐거워야 책상이 행복하다"는 점을 구체적인 사례를 통해 설명한다. '부모와 자녀가 함께 읽는 행복 교과서'란 부제가 붙은 이 책에서 저자는 자녀 교육을 가정의 행복과 연결하며, 현장에서 겪은 다양한 실천 사례들을 제시해 준다. 그리고 풍부한 현장 경험을 통해 '공부의 즐거움'을 깨닫게 하는 방식으로 학습 동기를 유발한다. 학부모들에게는 조금만 관점을 바꾸고 노력하면 자녀 교육이 고통이 아니고 '기쁨과 행복'으로 가는 이 시대 최고의 숭고한 일임을 깨닫게 한다. 자녀를 다 키운 부모들과 장성한 청년들에게는 '온 가족이 행복하기 위해서 부모와 자녀가 어떻게 해야 할 것인가'에 관한 삶의 지혜를 제공해 준다.

교육평론가 윤일현의 부모를 위한 인문학

시지프스를 위한 변명

윤일현 지음 |
240쪽 | 12,000원

4차 산업혁명의 급속한 진전을 목격하면서, 미래에 대해 막연한 불안감을 가지고 있는 학생과 학부모들에게 방향을 잡을 수 있게 도와주는 인문 교양서이다.

독서광인 저자는 수많은 책에서 뽑아낸 주옥같은 명구들을 미래로 가는 이정표에 붙여 준다. 표현력이 생존수단이 되는 미래를 위해 저자는 특유의 지적이면서도 감성적인 문장을 통해 좋은 글쓰기의 전형을 보여준다.

저자는 어떤 책을 어떻게 읽어야 하며, 읽은 내용을 배우고 가르치는 일에 어떻게 접목해야 하는가를 구체적인 사례로 잘 설명해 주고 있다. 이 책은 학생과 학부모 모두에게 지적 호기심을 유발하여 책읽기와 공부의 즐거움을 깨닫게 해 준다.